萊昂哈特
統率著克勞斯納領的傭兵團團長。
相當欣賞擁有優秀藥師本領的聖。
「嗯？妳是婆婆的弟子嗎？」
「那裡被稱為藥師的聖地，對不對？」
U0074967
聖
終於被認定為聖女的二十幾歲OL。開發料理和美容用品是生活調劑。
聖女魔力無所不能 3
The power of the saint is all around.

尤利・德勒韋思
宮庭魔導師團的師團長。只對魔法和魔力的研究感興趣。
「準備要施展『聖女』的法術了嗎？」
「妳昨天做的料理也非常好吃。」
艾爾柏特・霍克
第三騎士團的團長。據說是個不苟言笑的人，還被坊間稱為「冰霜騎士」。在聖的面前卻是……？

聖女魔力無所不能 3

The power of the saint is all around.

Author
橘由華
Illustration
珠梨やすゆき

Kadokawa Fantastic Novels

Contents

The power of the saint is all around. vol.3

第一集故事大綱

Story line

二十幾歲的ＯＬ小鳥遊聖，在加班結束後回到家的瞬間，突然穿越到了異世界。

儘管她是以「聖女」身分被召喚過去的，但這個國家的王子只帶走和聖一起被召喚過來的可愛女高中生——御園愛良，把聖留在召喚室裡。

後來，雖然幾經波折，但由於不知道回去日本的方法，聖於是決定開始在藥用植物研究所裡工作。

聖早已察覺到自己就是「聖女」，卻仍選擇隱瞞身分，過著平凡人的生活。

然而，聖的能力太過厲害，在做藥水、下廚和製作美容用品等各方面都讓人們大為驚嘆。

她做出來的ＨＰ上級藥水救了第三騎士團團長——艾爾柏特的性命，並以此為開端，引發各式各樣的奇蹟。

於是，「聖・小鳥遊會不會才是聖女……？」的傳聞在王宮傳開了。

第二集故事大綱

Story line

儘管聖答應了宮廷魔導師團的傳喚，但暫時逃過一劫，沒將「聖女」的身分暴露出去。

她開始接受宮廷魔導師團師團長尤利．德勒韋思的斯巴達式指導，日子過得既忙碌又充實。

然後，不知是拜特訓所賜，抑或出於偶然，金色魔力再次引發奇蹟，眾人愈加懷疑她就是聖女。

但第一王子凱爾否定這樣的懷疑，固執地相信和聖一起被召喚過來的愛良才是「聖女」。

直到聖參與魔物討伐之後，周遭的人們才確定她便是「聖女」。

第三騎士團團長艾爾柏特遭逢危機之際，聖使用金色魔力，瞬間淨化湧現魔物的黑色沼澤。

結果，斷定聖是假聖女的第一王子凱爾被處以禁足的處分。

原本來到異世界之後，只有凱爾可以依靠的愛良，也趁此機會與聖還有學園的朋友建立交情，獲得了平穩的生活。

第一幕　啟程

自從被召喚過來之後，已經過了一年。

走過一輪四季，春天再度即將來臨。

話雖如此，目前仍在冬季的尾端。

相較於日本，王都周邊的氣候相當穩定，不過冷的時候還是很冷。

就在這樣寒冷的天氣中，我今天也在宮廷魔導師團的演習場練習魔法。

雖然演習場在室外，但我除了平常穿的衣服之外，只披了一件取代大衣的長袍。

之所以在這種氣溫之下還穿輕裝，都要拜這是附魔道具所賜。

被賦予火屬性魔法的道具穿在身上後，會在身體周圍形成溫暖的空氣層。

應該可以說是個人用的空調吧。

用起來非常舒服。

如此昂貴又便利的道具，是師團長送給我的。

儘管他說是怕我感冒，但恐怕有一半是出於好心，有一半是別有所圖吧？

當我在練習聖屬性魔法作為熱身運動時，師團長來到演習場了。

這就叫做說人人到嗎？

「妳進步了很多呢。」

「謝謝。」

美得不像真的容貌搭配一抹微笑，師團長依舊一樣漂亮。

然而，要說內在是不是也跟外表相同，那可就不是了。

雖然這樣講不太好聽，但他的內在是所有人，包括他自己都認同的魔法狂熱分子。

讓人覺得非常可惜。

「準備要施展『聖女』的法術了嗎？」

「對，我正好做完熱身運動了。」

師團長簡短地寒暄過後，立刻切入正題。

所謂「聖女」的法術，指的是將西邊森林的瘴氣沼澤和魔物一口氣殲滅的那個法術。

師團長忙歸忙，還是像這樣每天上完課都陪我練習，絕對是因為他想看「聖女」的法術。

送我昂貴的道具，應該也是出於這個理由。

實際上，他現在正在我身旁，雙眼亮晶晶地期待我快點發動法術。

讓他等太久也不太好意思，所以我開始準備發動法術。

我將視線從師團長身上移開，做了一次深呼吸，鼓足幹勁。

若問我為什麼要鼓足滿滿的幹勁，是因為打從西邊森林回來之後，「聖女」的法術一次也沒有成功發動過。

研究所與西邊森林。

過去發動了兩次，但我仍舊不曉得重現法術的步驟。

再說，雖然兩次都被稱為「聖女」的法術，不過第一次和第二次的法術效果是不一樣的。

第一次是提高藥草效果，第二次是消滅可能是由瘴氣聚成的黑色沼澤。

儘管如此，兩次卻都還是被稱為「聖女」的法術，是因為有共通點。

那就是金色的魔力。

兩次都是突然湧現出金色的魔力，然後像是順水推舟似的發動了法術。

我還記得發動法術的感覺，所以只要搞定金色的魔力，之後應該就很簡單了。

問題在於，我不知道要怎麼引出最關鍵的金色魔力。

我做過各種嘗試，但還是沒有找到方法。

這種暗中摸索的感覺，讓我想起在日本工作的時候。

不行不行，我得專注在魔法上不可。
我切換思緒，將意識集中在繞行身體的魔力上。
好在我這幾個月一直都有在做訓練，只要切換思緒，便能夠立刻感受到體內的魔力。
我就這樣檢查著體內的魔力，但沒有找到最重要的金色魔力。
沒記錯的話，當時有一種從胸口周圍湧出來的感覺。
唔嗯。
唔唔唔……
「呼。」
大概花了幾分鐘的時間吧，集中力中斷後，我呼出一口氣。
那個魔力，到底該怎麼做才能擠出來呢？
我不記得自己有做什麼特別的事情。
也不記得自己有做什麼像在施展魔法的表現手法。
「有困難嗎？」
「是的，不知道發動條件果然還是不行……」
「真的很抱歉。在西邊森林時，我也沒有看清楚法術發動的過程。」
「不，德勒韋思大人不需要道歉。」

「我是真的很後悔當時沒能仔細確認。要是有經過完整的觀察，現在……」

對於沒有發動法術而在呼氣的我，師團長這麼說道。

在西邊森林時，不止是我，周遭其他人都一樣自顧不暇。

師團長也不例外，雖然據說他下意識地追蹤著魔力的動向，但發動條件倒是沒看出來。

回到王宮後，他得知我沒辦法發動「聖女」的法術，一直感到非常可惜。

如果弄清楚發動條件，我因此能夠使用法術，現在就會被師團長拖來拖去做實驗吧。

師團長的「現在」後面要接的台詞，我想一定是「早就做完各式各樣的嘗試了」。

於是，今天也從早練到了太陽西沉為止，但結果還是沒能發動「聖女」的法術。

◆

也許是回冷了，這天格外地寒冷，提不起勁外出的我，就這樣窩在研究所裡。

「聖，妳又在做藥水哦？」

用傻眼的語氣朝我說話的，是裘德。

這種對話也不知道是第幾次了。

自從來到這邊的世界之後，這種對話重複了好幾次。

「嗯，對啊。因為最近訂單增加了。」
「就算是這樣，妳不會做太多了嗎？」
「有嗎？」
見我一邊看著放在眼前的藥水，一邊歪起頭，裘德深深地嘆了口氣。
不需要傻眼成這樣吧？
訂單增加是事實嘛。
一開始只批售給第三騎士團的藥水，現在也會批售給第二騎士團和宮廷魔導師團。
而這全是因為，研究所出產的藥水療效很強的傳聞也傳進王宮裡了。
不過，理由不是只有這個而已。
隨著近年魔物增加，市場的藥水需求似乎也變高，一直處於缺貨狀態。
或許有人會覺得，既然如此，只要提高供給不就好了？但事情沒那麼簡單就能解決。
藥水並非照著配方使用材料就做得出來的東西。
製作高階藥水必須有細膩的魔力操作，製作者也要具備相應的製藥技能等級。
如果製作者的等級低於想做的藥水階級，便沒辦法順利做出藥水，會以失敗收場。
做出來的只會是單純煎煮藥草而成的東西。
因此，雖然能夠製作中級藥水的人還算不少，但能夠穩定做出上級藥水的人就非常少了。

再加上製作藥水時要用到魔力，導致這些人一天能夠做的藥水數量也很有限。

因為做到一定的數量後，魔力就用完了，沒辦法繼續做下去。

這便是提昇製藥技能等級之所以困難的瓶頸所在。

結果造成了供給遲遲無法增加。

王宮騎士團也出於要討伐魔物的因素，藥水對他們來說是必需品。

隨著王都周邊的魔物變多，所需的藥水數量也急速上昇。

但是，就算再怎麼以王宮為供給優先，也沒有獨占市場藥水的道理。

雖然平民買不起昂貴的上級藥水，但若是下級藥水，平民也會有用到的時候。

要是把下級藥水買斷，絕對會引起平民的不滿。

文官們也考慮到這一點，調整了繳納給王宮的數量。

以這樣的王宮方針為基準的結果，儘管繳納給騎士團的藥水量比以往還要多，但要繼續增加有其困難之處。

輕傷會自然癒合，更嚴重的傷勢則有能夠使用聖屬性魔法的魔導師們幫忙處理，藉此彌補不足的部分。

就在這時候，出現了研究所生產的藥水。

不僅療效高，一天的生產量也不遜於王都的藥水專賣店。

騎士團忍受慢性藥水不足的問題已久，看到這種藥水理所當然會撲上來。

「縱使訂單再怎麼增加，我覺得這樣也太誇張了。」

「我在做藥水的時候，還是有考慮到數量啦。」

「真的嗎？不管怎麼說，我們沒接到這麼多的上級ＨＰ藥水訂單吧？妳小心又要挨所長罵哦。」

在眼前成排擺列的藥水，在藥水之中也屬於上乘貨色。

一部分也是因為作為材料的藥草本身就很昂貴，因此幾乎很少會用到。

當然，騎士團的訂購量也沒有多到哪裡去。

儘管如此卻還是要大量製作的理由，是因為我想要提高製藥技能的等級。

畢竟要提高製藥技能的等級，就必須製作藥水才行。

但是，以我現在的等級來說，即使做上級藥水也沒辦法提高等級了。

上級藥水用的藥草很貴，所長也叮嚀我要控制製作數量，所以我姑且是有在注意啦……

唔嗯，好像真的做太多了？

「騎士團訂購的其他東西不做沒關係嗎？」

「那些我都做好了哦。」

「咦？已經做好了？」
「訂購的東西大部分都是下級和中級藥水嘛。」
裘德以前也有告訴過我，跟一般藥師比起來，我一天所做的藥水數量算是非常多。
一般藥師要花幾天才能做出來的數量，我甚至一天就能做完。
我想，這八成跟我的基礎等級很高有關係。
根據我所聽到的，在坊間製作藥水的人們的基礎等級連10級都不到。
基礎等級的差異會直接呈現在ＨＰ和ＭＰ上。
由於製作藥水需要注入魔力，所以ＭＰ多的人應該能做出更多的藥水吧。
雖然我不清楚基礎等級10級的人和我的ＭＰ總量差距多少，但我猜可能相差不少。
「聖，我有點事情要找妳……」
說人，人就到了。
正當我跟裘德說話時，所長來了。
他好像找我有事情，不過他的視線直直盯著上級ＨＰ藥水。
慘了。
在收拾前被發現了。
「我是不介意妳這麼熱衷工作啦，但會不會做得有點太多了？」

「對不起。」

如同我剛才告訴裘德的，我做藥水時有考慮到要批售給騎士團的數量。

現在排列在眼前的這些藥水雖然超出一筆訂單的訂購量，但差不多兩到三筆訂單就能銷完。

所長可能也明白這一點，所以他沒有斥責我。

只不過，看到如此大量的藥水一字排開，會想勸告幾句也在情理之中。

因此，面對表情以傻眼成分居多的所長，我很老實地道歉了。

「不過正好，我就是要跟妳談藥水的事情。」

「怎麼了嗎？」

看到所長的表情一反常態地正經，我便猜想這次可能真的會挨一頓嚴厲的訓斥，因而戰戰兢兢了起來。

我坐直身體，擺出傾聽的姿勢後，所長便接著說下去：

「要暫時中止製作藥水了。」

「咦？為什麼又要中止了？」

「坦白說，現在很難籌措到藥草材料。」

「咦？」

據所長說，今年秋天運送到王都的藥草數量比往年減少了很多。

似乎是某個作為藥草一大產地的地區運送過來的數量非常少，所以王都市面上的藥草相當短缺。

雖然互有交情的商店也做過一番努力，盡量提供如同預定的數量給研究所，不過到頭來還是有其難處。

剛才所長那邊接到聯絡，說是暫時無法接受下訂了。

「感覺事情好像滿嚴重的。」

「是啊，儘管我秋天就稍有耳聞藥草可能會短缺的消息，殊不知竟然會到停止接單的地步。」

「停止接單的期間會不會拖長？」

「我不是很確定，不過按商店的說法，這個可能性很高。」

「真傷腦筋呀……」

出問題的那塊地區，除了下級藥水以外，也大量出產中級和上級藥水的藥草材料。

一般來說，如果是下級藥水的藥草材料，不用考慮到土地條件，栽培起來較為簡單。

然而，到了中級之後，栽培就會變得有點困難。

因為在普通土地難以生長，需要花費不少工夫進行培育。

研究所之所以能夠培育藥草，完全是因為研究員們採取了各式各樣的手段。

據說那塊地區的土地很稀有，不需要花費多少工夫就能讓中級藥水的藥草材料成長茁壯，是作為當地產業在栽培。

而且那邊還有森林是生長著許多上級藥水的藥草材料，所以也會連同森林裡的藥草一併出貨。

這些藥草會在經過適當的處理後，運送到王都。

只不過，由於牽涉到自然因素，運送時期多少會有延遲。

因此，所長才會認為初秋的進貨量比往年還要少的原因，可能是時期上有所延遲。

但是，進貨量到中旬還是沒有恢復，藥草至今依然短缺。

不止是所長，王宮的文官們也都有預料到可能發生問題了。

前陣子，王宮也派了調查隊前往那塊地區調查原因。

「那騎士團的訂單該怎麼辦？」

「只能暫時停止接受訂貨了吧。」

「我知道了。」

所長將一切說明完畢後，便回到所長室去。

由於時間點抓得剛剛好，我和裘德也回到各自的工作崗位上。

話雖如此，既然都說要中止了，藥水的製作便到此為止。
我一邊收拾製作藥水所使用的工具，一邊漫不經心地思考著。
王都周邊的魔物數量雖然好像比過去還要少了，不過討伐行動仍在持續。
使用的藥水量可能有減少，但並不是沒有需求。
要是藥草就這樣短缺下去，之後恐怕會引發什麼問題吧。
希望在問題出現之前，藥草短缺的情況能夠獲得解決。

◆

上完課的午後。
我在王宮圖書室的一角默默地翻著書頁。
今天上的是魔法課，上完課後也可以去演習場。
但我不知為何提不起勁，於是決定在圖書室看書。
在許多書籍當中，我選擇的是藥草事典。
這本書有精細的藥草圖，並詳細記述效力等內容。
雖然我之前讀過一次，但反覆閱讀又會有新的發現，很有意思。

當我仔細地閱覽時，忽然察覺到一件事。

藥草的說明中記載著主要的產地，其中有個很常出現的地名。

我不經意地翻回前頁重看後，發現許多藥草的產地都有提到這個地名。

不止是ＨＰ和ＭＰ，還能夠恢復各種異常狀態的藥水的藥草材料，也是出產自這個地方。

我心想這真是藥草的一大產地，然後想起前幾天有談到這個地方。

沒錯，就是據說藥草出貨量減少的那塊地區。

不愧是被譽為藥草的一大產地，看來真的可以採到形形色色的藥草。

儘管不知道是什麼原因導致藥草出貨量減少，但既然是能夠採到這麼多種藥草的地方，想必這次問題的影響範圍應該相當大吧？

畢竟那裡的一般市民連恢復異常狀態的藥水都會使用。

我這個人一旦開始思索便會不禁在意起來，也許是個性使然吧。

正當我心想下次要來調查看看那塊地區之際，圖書室入口的方向傳來了聲響。

門隨著嘎吱聲打開，從那裡露出褐色的頭髮。

「啊，聖小姐。」

「妳好。」

進來的是御園愛良妹妹。
她是和我一起被召喚來這個世界的女孩子。
預計再過一個月就要畢業，目前還在學園就讀中。
這個時間的話，學園應該在上課，她怎麼會跑到圖書室來呢？
「學園不是還在上課嗎？」
「不，我今天沒有課，所以去了魔導師團那邊。」
「原來是這樣呀。」
「然後，我想說來這裡查一些資料。」
據愛良妹妹所說，預計今年畢業的學生已經沒有課了，可以自由選擇要不要來學園。
部分成績不理想的學生，現在都正在努力補課。
這一點跟日本的高中很像。
愛良妹妹是當中的資優生，已經確定畢業後會加入宮廷魔導師團。
比起補課，在宮廷魔導師團學習更能增加實力，她便以此為由，沒課的日子就去宮廷魔導師團。
愛良妹妹除了聖屬性魔法以外，還具備水屬性魔法和風屬性魔法的資質。
然而，聽說她直到不久前為止，都只專注在提昇聖屬性魔法的等級。

自從會去宮廷魔導師團之後，她也有在訓練其他的屬性魔法，實力正顯著上昇中。

具備多種屬性魔法資質的人本來就非常少，只要提高等級，在宮廷魔導師團中也會成為名列前茅的佼佼者，周遭的人都對她抱以如此期待。

她在宮廷魔導師團是藉由上課和訓練來學習，跟我一樣。

由於課堂上有少許不好懂的部分，她今天才會來圖書室查資料。

雖然宮廷魔導師團也有許多魔法相關的文獻，但幾乎都是專業性的東西，內容艱澀難懂。

我也曾經來圖書室查過關於魔法的資料，所以可以理解。

「聖小姐也在查什麼東西嗎？」

「對，是關於藥草的。啊，可以的話，我在這裡的事情，希望妳可以保密。」

「啊……我知道了。」

聽到我這麼說，愛良妹妹回以苦笑。

為什麼我在這裡的事情要保密呢？

她應該是猜到了這背後的理由吧。

最近魔法課的時間有三分之一左右都被某個話題占據。

至於那個話題，當然就是關於我施展過的「聖女」的法術。

打從西邊森林回來後，至今還是沒有成功發動「聖女」的法術。

因為不曉得發動條件，所以這也是沒辦法的事情吧。

而師團長對於在西邊森林沒能看出「聖女」法術的發動條件，一直感到非常不甘心。

若要問為什麼——因為我無法發動法術這件事，導致他沒辦法盡情研究「聖女」的法術。

於是，上完課還耐著性子陪我練習的師團長，似乎終於忍到極限了。

師團長如同傳聞是個魔法狂熱分子。

他利用魔法課的時間，開始研究該怎麼做才能發動那個魔法。

要是眼鏡菁英大人沒有幫忙制止，他大概會熱衷到整堂課的時間都耗費在研究上。

由於姑且有制止過，所以現在只有三分之一的課堂時間會被犧牲掉。

我之所以拜託愛良妹妹保密，就是不想被師團長發現我在這裡。

如果師團長知道我現在正在圖書室看藥草書，絕對會拉我去陪他做研究。

這一點無庸置疑。

無庸置疑到恐怕宮廷魔導師團的所有魔導師們都會點頭贊成。

我也對「聖女」的法術有興趣。

畢竟可以強化藥草。

但是，不斷把時間耗費在做不到的事情上，精神實在是會有點受不了。
我上完課後提不起勁去演習場，大概也是出於這個原因。
因此，我決定今天要做自己喜歡的事情，順便轉換一下心情，就來到圖書室了。
「我原本一直以為藥草是這個世界的獨特植物，結果不是呢。」
「對呀，被稱為香草的植物，大部分都會用來當作藥草。」
愛良妹妹從旁邊探頭看我正在閱讀的書，並用一種好像很懷念的感覺這麼說道。
翻開的那一頁正巧記載著日本也很常見的香草。
接著，我和愛良妹妹稍微聊了一下香草的事情，然後再度響起圖書室的門開啟的聲響。
我們一起轉往入口的方向，便看到莉姿在那裡。
「兩位好，聖，愛良。」
「好久不見呀。」
「妳好。」
我似乎很久沒有在這裡遇到莉姿了。
儘管第一王子的事情引發許多風風雨雨，但莉姿依然待在王宮以未來王妃的身分接受教育。
她不同於第一王子與愛良妹妹，還有一年才能畢業，必須去學園上課才行。

因此，可以說她的一天都被往返學園和王宮之間的時間給占據了。
實在是個大忙人。
而我自從開始上課後，也有很多要忙的事情。
所以我們兩人巧遇的機率難免會下降。
「妳今天也在讀藥草書呢。」
莉姿跟愛良妹妹一樣，探頭看著我手邊的書笑了笑。
經她這麼一說，我才發覺每次見到她的時候，我都在閱讀製藥的相關書籍。
「因為這是轉換心情的好方法呀。」
「但這明明是工作書耶？」
「用藥草萃取精油做各式各樣的事情是我的興趣嘛。」
「妳是說芳療嗎？」
「對對對。」
「請問什麼是芳療呀？」
「所謂的芳療就是……」
聽到不常見於這裡的字眼，莉姿歪起了頭，於是我便和愛良妹妹一起說明什麼是芳療。
當我們在聊這些東西時，話題帶到了這陣子藥草短缺的問題上。

「不小心聊了滿長一段時間，聖妳的時間不要緊嗎？」

「不要緊哦，查藥草資料也是工作的一部分呀。而且就算回研究所也不能做藥水。」

「不能做了嗎？」

「最近好像愈來愈難買到藥草，結果我們的所長終於下了藥水製作禁止令。」

「這麼說來，這件事我也有所耳聞。拜此所賜，各家藥草價格還齊漲之類的。」

「妳聽過克勞斯納領嗎？那好像是很有名的藥草產地。」

「我知道喲。雖然那個領地以藥草產地聞名，但也是著名的藥師聖地哦。」

「藥師聖地？」

所謂的克勞斯納，正是治理著這次藥水製作禁止令的起因——藥草出貨量減少的那塊地區的領主姓氏。

在斯蘭塔尼亞王國，外地皆以治理當地的領主姓氏來稱呼。

我想說莉姿正在接受王妃教育，說不定對這個國家的領地也很了解，一問之下，她果然知道。

當我聽到「藥師聖地」這個前所未聞的字眼而偏起頭後，這次便換莉姿和愛良妹妹說明給我聽了。

愛良妹妹之所以會知道，是因為她曾在學園的課程中學到。

可能是在地理課學到的吧？

按她們兩人的說法，克勞斯納領的藥草產出量自不必說，產出種類更是多樣化。

這裡也少量生長著其他領地採不到的珍貴藥草，所以還開發出了各式各樣的藥水。

藥水種類很豐富，而且涉及到太多方面，據說有的藥水並沒有記載在書籍上。

各藥師家中代代相傳的祕傳藥水就是其中的代表。

並且，為了求得那種祕傳的藥水調配方法，從以前就有許多藥師造訪克勞斯納領。

因為這樣，世人不知何時開始將克勞斯納領稱為藥師的聖地。

「哦，有各式各樣的藥水呀。」

「對，雖然我沒有看過，但我父親有實際見識過喲。」

「藥水實品嗎？」

「實品也包括在內，還有親眼看到使用藥水的過程，而且也因為實驗對象是我家的人，他可以肯定藥水的效果絕無虛假。」

「這樣哦。」

得知有各種不同的藥水，總覺得心情都雀躍了起來。

說不定在祕傳藥水之中，就存在著超越上級的藥水。

有沒有辦法知道那些藥水的調配方法呢？

聊完這個話題，即使跟莉姿和愛良妹妹道別後，未知藥水的事情也一直在我腦中揮之不去。

◆

我抱著裝藥水的箱子走在研究所的走廊上，便看到團長騎著馬過來。

他找所長有事嗎？

真稀奇。

要談與騎士團有關的事情時，通常都是所長前往騎士團的隊舍。

團長大概只有送我回來時才會來研究所吧。

「咦？」

「嗨，聖。約翰在嗎？」

「您好。要找所長的話，他在所長室裡。」

「謝謝。」

我恰巧經過研究所的入口，就跟正好走進來的團長碰頭了。

看來他果然找所長有事。

我把所長的所在位置告訴他後，他就一副熟門熟路的模樣，筆直地走向所長室。

他們會談很久嗎？

就算已經習慣了，但終究是一路騎馬過來的，或許會感到口渴也說不定。

想到這裡，我搬完藥水就去餐廳泡了茶。

「打擾了。」

我敲了敲所長室的門，獲得同意入內後，才走進室內。

他們兩人都看著我，但總覺得臉色很凝重。

畢竟團長都親自來到研究所談事情了。

可能是在談一些不太好的事，或者是很嚴肅的話題吧。

第三騎士團和研究所的領頭人物在商量的事情，我應該也不好在這裡聽。

所以我打算放下茶與茶點餅乾後立刻離開。

但是，就在我要退出所長室之際，所長便叫住了我。

「妳也一起留下吧？」

「兩位不是在談重要的事情嗎？」

「已經談完了。」

所長神色一改，恢復平常的表情邀我留下。

雖然他們似乎談完重要的事情了，不過我待在這裡沒問題嗎？
說起來，我還在工作耶？
而且如果要喝茶，我也想去拿自己的那一杯。
…………
好吧，算了。
我放棄去拿茶，在所長的旁邊坐下。
我不經意地看向團長，發現他正拿起茶杯，含了一口茶在嘴裡。
他的喉結微微上下滑動，緊攏的眉間便獲得舒緩。
接著，他將餅乾放入口中之後，臉上也恢復成一如既往的表情了。
雖然這可能不是我該擔心的事情，但看到凝重的神色還是會感到擔心。
而且他們兩人還都是如此。
就在我心想太好了，正一個人覺得心滿意足時，視線不偏不倚地和團長對上。
糟糕。
一不小心又盯著人家看了。
我看到團長溫柔地瞇起眼眸，頓時感到難為情，連忙移開視線。
「呃，你們兩個是不是忘了我還在這裡啊？」

「沒有！絕對沒有這樣的事情！」
聽到所長夾帶著傻眼的聲音後，我反駁回去，但應該很沒有說服力吧。
即使我真的沒有忘記他在這裡。
「聽說艾爾暫時要離開王都了。」
「咦？」
所長不顧慌亂的我，突然就開口說出這件事。
我不由得看向團長，他則一臉傷腦筋地微微一笑。
「因為最近王都周邊都平定下來了，所以下次就要前往外地了。」
「平定下來是指魔物嗎？」
「對。」
「該不會要出動第三騎士團的所有人吧？」
「有的人會留下來，但大部分都要跟我一起去外地。」
這一天終於來了。這是我的第一個感想。
也由於季節即將迎來春天，移動上絕對會比冬天還要方便。
既然是長距離的移動，選在春天確實是比較好。
考慮到情況，明知這也無可奈何，但或許是因為不安，我的身體緊繃了起來。

去西邊森林是好一陣子前的事情，可能也因此讓我有點鬆懈下來了。

自從那次討伐之後，已經過去幾個月。

我們才剛回來，王都周邊出現的魔物急遽平息下來一事早就傳遍各處。

在後續的討伐行動中，騎士團的人們也確切感受到魔物有所減少，不過為了保險起見，還是暫時先觀察一下情況。

後來證實，出現的魔物在經過數月直到現在依然沒有變多。

根據這個結果，覺得王都周邊已經沒問題的氛圍在王宮擴散開來。

平定王都周邊的事情在王宮中傳開的同時，文官們也接獲大量的請求。

所謂的請求，就是治理各領地的貴族們希望能夠將騎士團派遣到他們的領地。

聽說外地跟以前的王都周邊相同，出現的魔物不斷增加，令大家吃不消。

提出請求的貴族們也並不是什麼都沒做。

在王都以外的地區，本來就是雇用傭兵團來驅除領地內的魔物。

面對近年來的魔物增生，他們也透過提高驅除的次數，勉勉強強應付了過來。

只不過，還是有極限的。

以前魔物尚未增生時，若外地人手不足，就會從王宮派遣騎士團前往當地。

聽聞王都周邊平定下來後，外地的人們理所當然會心懷期待，覺得又能像以往那樣派遣騎士團過來支援。

「要去哪個地方呢？」

「以目前來看的話，是克勞斯納領吧。我們預計往那邊前進，沿途再看看其他領地的情況。」

「克勞斯納領？那個產藥草的？」

「沒錯。」

聽到最近常耳聞的地名，我不由得吃了一驚。

說到克勞斯納領，就是那個吧。

這陣子連研究所都在熱烈討論，以藥草產地聞名的領地。

因為那裡幾乎不再將藥草運送出貨，導致研究所發布了藥水製作禁止令。

這件事果然也在王宮引發風波了吧？

所長幫我解答了這個疑問。

「看來藥草遲遲未送來王都一事，已經被視為問題了。」

「是這樣嗎？」

「對，約翰你們實際上也感到很困擾吧？」

「是沒錯，不過騎士團不也一樣嗎？」

「是啊，雖說魔物有所減少，但並不是就此消失了。」

如同團長所說，魔物並不是完全消失，所以各騎士團儘管減低了頻率，還是要出去討伐魔物。

藥水仍是必需品。

所以，藥草短缺的問題不止影響到研究所，還包括騎士團在內。

可能正因如此，王宮才會決定要派遣騎士團到外地。

「那麼，什麼時候要出發呢？」

「算進準備的時間，大概是兩週之後吧。」

「兩週之後嗎……我明白了。那我也會在那之前準備好的。」

「「準備？」」

聽到我這麼說，團長和所長都露出錯愕的表情。

咦？

「為什麼妳有做準備的必要？哦，是為了遠征用的藥水嗎？」

「那也是其中的一部分，但還有其他許多必須準備的東西吧？像是替換的衣服……」

「替換的衣服？」

就算我繼續解釋，他們兩人的表情還是沒變。

總覺得我們好像在雞同鴨講。

該不會是我貿然誤解了什麼吧？

「我說妳……是打算一起去嗎？」

「之前不是有談過這個話題嗎？」

彷彿看穿我的內心一般，所長這麼問道。

看來在所長他們之間，是以我不會參加遠征為前提在討論這件事。

見他們兩人都一臉驚訝的模樣，我便如此覺得。

這就奇怪了。

我記得之前跟所長談王宮近來的傳聞時，有提到我可能總有一天也會被派到外地。

「好像是有談過啦……」

「還是說，照現在的情況，不要去比較好嗎？可是我姑且算會使用聖屬性魔法，應該不至於完全派不上用場吧。」

面對所長探究般的眼神，我感到有點退縮，但還是戰戰兢兢地請示道。

所謂的「現在的情況」，是指我目前還沒辦法發動「聖女」的法術。

所長似乎明白了我的意思，他也面露難色。

所長他們會有這種反應也沒辦法。

這時候會想到的是，沒辦法發動法術的我，跟著參加遠征到底想做什麼？

我會一些聖屬性魔法，可以提供治療等方面的支援。

不過，即使有等級上的差異，其他人也會使用聖屬性魔法，所以他們應該不會認為這是我想參加遠征的理由。

所長死死地盯著我。

「妳倒是很想去的樣子嘛。」

「呃……」

「看來妳還瞞著什麼沒說，老實招來吧。」

我至今以來都拚了命地試圖逃離跟「聖女」有關的事情，現在卻突然表現出很有興致的模樣，也難怪所長會懷疑。

實際上，以前和所長討論傳聞時，我對於前往外地的遠征是感到無可奈何，並沒有很想跟著去。

參加遠征與在研究所做研究，我當然比較喜歡做研究嘛。

因此，我會想參加遠征的理由只有一個。

「克勞斯納領被稱為藥師的聖地，對不對？」

所長可能是聽到這句話就懂了，臉上變成傻眼的表情。

對不起。

但是，要是沒有這種機會，我應該去不了那裡吧。

團長似乎還沒意會過來，面露不解的神情。

所長察覺到這一點後，就簡單地說明給團長聽。

說明到一半，團長大概也猜到我想跟著去的理由，表情便轉為笑容。

「原來如此。聖是想要了解藥草的事情，所以才想去克勞斯納領吧？」

「是的……」

今後要從事危險工作的人笑著這麼對我說，令我覺得自己的理由實在太微不足道，頓時感到無地自容。

我不禁垂下了視線。

但是，團長和所長看起來並不在意。

「也是，克勞斯納領想必潛藏著許多我們所不知道的藥草知識，去進行調查或許也不錯。」

「而且我們應該會在那裡停留一段時間。」

「我可以跟著去嗎？」

聽到我的問題，他們兩人互看一眼後回以苦笑。

「倒不如說，該由我們拜託妳來才是。」

「其實，王宮也有下指示要妳參加遠征。」

「原來是這樣啊？」

「對。但是我們很反對這麼做，剛才正在商量該如何推拒。」

據他們所說，雖然王宮提出了要求，但因為我無法穩定發動「聖女」的法術，所以他們兩人都反對讓我參加遠征。

以王宮的立場而言，是希望藉由派出「聖女」這種實績來緩和地方貴族的不滿。

但他們兩人擔心的是，如果派到外地卻施展不出法術，不止是王宮，連我也極有可能會變成遭受批判的眾矢之的。

再加上我本來參加的意願就不高，這也是他們反對的理由之一。

「很抱歉讓兩位費心了。」

「不，這無妨。是我們在勉強妳才對。」

「是啊，妳沒有必要放在心上。」

我總覺得很不好意思，於是就道歉了，但他們兩人都笑著叫我別在意。

包含這次在內，我想他們一定從以前開始就是這樣保護著我的。

因為自從來研究所之後，我就很少遇到跟王宮有關的煩心事。

「謝謝兩位一直以來的幫忙。」

「嗯?怎麼了?」

「沒什麼……」

我又一次道謝後，他們都用疑惑的表情看著我。

或許對他們來說，這是很理所當然的事情，沒有必要言謝，但我還是非常感謝他們。

只不過，要解釋這一點很令人難為情，所以我不由得就笑了笑蒙混過去，並在心中再次向他們道謝。

幕後

「報告到此結束。」
「辛苦了。」
稟報完畢的文官告退後，斯蘭塔尼亞王國的國王看著辦公室的門關上，隨之便嘆了口氣。
同席的宰相也一臉憂愁，辦公室瀰漫著沉重的氣氛。
國王從放在桌上的文件中拿起一張。
「外地的情況還是沒變嗎？」
「是的。一方面也是因為王都周邊已平定，導致陳情量也愈來愈多。」
「這樣啊。」
自從聖消滅了出現在西邊森林的黑色沼澤後，王都周邊的魔物數量明顯比以往減少許多。
甚至就和從前一樣，魔物的出現尚不至於造成問題。

出於種種不便的因素，聖的相關資訊到目前為止都保密到極點，但魔物減少後就沒辦法再藏下去了。

「聖女召喚儀式」的成功早在貴族之間引發話題，從這次的狀況來看，「聖女」的表現必定會四處風傳。

如此一來，至今保持緘默的貴族們也會展開行動。

王宮騎士團為了維護王都周邊的治安，始終無暇照顧到外地，而外地的領主們也可以體諒這一點。

但是，王都周邊既已平定下來，他們獨自應付魔物也快瀕臨極限，便開始向王宮請求派遣騎士團到自己的領地。

國王等人也清楚外地的情況，因此都在考慮差不多是時候派騎士團出去。

這部分沒問題。

問題在於「聖女」。

少數領主大聲疾呼自家領地最辛苦，要求將「聖女」派遣過來。

「即使已經料想到了，但也沒辦法回應每個人的請求啊。」

「派遣「聖女」一事留待之後另行研議，至於騎士團的話，只能按照先後順序，從緊急度較高的地區逐一派遣過去了。」

「說得也是。眼下問題最嚴重的是克勞斯納吧。」

桌上堆積著來自各領地的請願書，全都希望能騎士團和「聖女」派過去。

請願書寄到王宮後，會先經過文官們的審查。

送到國王手上的請願書，都是來自極有可能出現西邊森林那種黑色沼澤的領地。

放在這堆小山最上方的，是斯蘭塔尼亞王國數一數二的藥草產地——克勞斯納領的請願書。

審查人員認為這封請願書的優先度最高，便放在最上面。

國王手抵著下巴，端詳手上的文件。

「雖說魔物已是一大麻煩，但看來在藥草栽培上遇到了更嚴重的問題啊。」

「本期運送至王宮的藥草量之所以減少，是因為這個緣故嗎？」

「似乎是如此。」

國王將原本正在端詳的文件遞給宰相。

宰相將文件瀏覽一遍後，重重地吐出一口氣。

根據克勞斯納領的請願書所述，要求派遣騎士團的理由，在於魔物增生影響到藥草的收穫。

當然，克勞斯納領也如同其他領地有雇用傭兵團對付魔物，但似乎應付不及。

如果克勞斯納領是普通領地，優先度想必不會這麼高。

然而，那個領地是屈指可數的藥草產出地，由於影響到藥草收穫，才會提高優先度。

藥草是藥水的材料，因此也算是軍事物資的一種。

克勞斯納領出貨的藥草量自不必說，還種植著其他地區無法栽培的藥草，並以此聞名。

既然影響到無以取代的軍事物資，文官們便判斷克勞斯納領為第一優先。

當然，克勞斯納領的領主也很有自知之明，知道自己的領地是產出軍事物資的地區。

儘管和其他領地一樣有雇用傭兵團，強度卻不是其他領地的傭兵團能比擬的。

雇用優秀的傭兵團需準備一定的資金，而克勞斯納領的領主為了避免影響到軍事物資的供給，一直以來都是支付高額金錢來雇用強大的傭兵團。

這一點王宮也很清楚。

在雇用強大傭兵的情況下還是來請求派遣騎士團，文官們自然明白情況非同小可，因而感到慌張。

「不過，情況還真是嚴重啊。再這樣下去，想必也會殃及市場吧。」

「已下過指示，暫時停止繳納給王宮以確保對市場的供給量，但恐怕……」

請願書上寫著藥草的收穫量是前年的一半左右。

近年來，克勞斯納領的收穫量有減少的趨勢，然而這一年的減少率相當異常。

身為以藥草為主要產業的領地之主，應該會感受到非常大的危機。
因此，國王與宰相都認為這封請願書是合乎情理的。
「魔物啊……」
國王兩肘撐在桌上，雙手交握。
他垂下視線思忖一會兒後，吐出了這句話。
浮現在他腦海中的，是在西邊森林發現黑色沼澤的事情。
聖用神祕法術消滅掉的那座沼澤，被認為可能是由瘴氣聚合而成的。
理由有兩個。
第一，沼澤湧出了魔物。
魔物是從一定濃度以上的瘴氣裡誕生的。
除此之外，與聖一起進行討伐的第三騎士團團長艾爾柏特等人，皆回報愈是接近沼澤，瘴氣就變得愈濃。
第二，沼澤消滅後，出現的魔物明顯減少了。
雖然不確定沼澤是何時出現在西邊森林裡的，但自從消滅之後，魔物數量便明顯減少。
根據監視人員的報告，原本的沼澤附近，圍繞在四周的瘴氣也隨著時間經過逐漸淡化。
沼澤之稱是來自於其外觀陰暗混濁，本質上可能是類似湧出瘴氣的泉源。

宮廷魔導師團的師團長尤利在呈報的同時，也陳述了這番自己的見解。

細思從請願書想像到的克勞斯納領的現狀，便可推測同樣的沼澤或許也出現在那塊地區。

既然如此，解決問題的方法只有一個。

似乎不止國王有這樣的想法，宰相彷彿看穿國王心思似的開口了。

「也許有必要請『聖女』大人前往當地了。」

聽到宰相這麼說，國王點了點頭。

雖然並非有十足把握，也算是找到一條解決途徑。不過，圍繞著國王與宰相的氛圍還是沒變。

在沉悶的氣氛中，國王與宰相進一步商量今後的事情。

接著，三十分鐘後——

第三騎士團的團長艾爾柏特以及宮廷魔導師團的師團長尤利，被傳喚至國王的辦公室。

兩人坐在辦公室的迎賓沙發上，宰相向他們說明要派遣騎士團到克勞斯納領的預定計畫。

他們兩人也許對於派遣騎士團到其他領地早有預測，聽宰相說話時並未有什麼特別的反應。

然而，原本面無表情的艾爾柏特，在宰相暗示克勞斯納領可能也有西邊森林那種瘴氣沼澤之際，一邊的眉毛抽動了一下。

「要派遣聖小姐過去是嗎？」

「對，眼下除了她以外，沒有人會使用消滅那種瘴氣的法術。」

「是的。」

相較於表情略有變化的艾爾柏特，尤利發問時，臉上依然掛著一如既往的微笑。

尤利專精魔法，宰相的回答可能會傷到他的自尊心，但他的表情未變，答話也相當乾脆。

反倒是宰相在聽到尤利的下文後，臉色一變。

「可是，她本身也沒辦法隨心自如地施展那個法術。」

「沒辦法自如地施展……」

「準確來說，那次之後，她從未成功發動過『聖女』的法術。」

從西邊森林回來後，聖沒能再次施展出法術一事，尤利也有呈報給國王和宰相。

而且自那次報告以來，一直都沒有傳來聖能夠使用法術的消息。

然而，他們還是抱著一絲期待，覺得聖或許已經會施展了。

這一點被推翻，讓宰相的臉色沉下幾分。

「既然無法施展法術，要派遣聖小姐豈不是為時過早？」

艾爾柏特用略顯僵硬的嗓音說道。

雖然以結果而言沒有受傷，但聖曾在西邊森林陷入危險這件事，還是讓艾爾柏特不由得繃緊身體。

要是讓聖參加這次遠征，不能否定同一事件重演的可能性。

更別說克勞斯納領不同於王都周邊，地理與情況都不在掌握之中。

比起西邊森林，克勞斯納領應該危險性更高。

因此，他內心很希望就這樣不要派遣聖過去。

宰相察覺到艾爾柏特因為擔心聖而反對派遣一事後，便手抵著下巴，思索了起來。

就算克勞斯納領有瘴氣沼澤，如果聖不會使用法術，派她過去也解決不了問題。

既然派過去也無濟於事，考慮到各方面的安全性，將她留在能夠及時照應的王宮才是上策。

然而，事情沒有這麼簡單。

雖說國難當頭，全國上下團結一致，但貴族也有分派系，嚴格來說並非堅如磐石。

某些人重視自身利益更甚於國家利益，有時候會違背王宮的意思。

如今王都周邊的危機已去，王宮要是沒有展現出援助外地的態度，那些人應該會高聲批

判王宮。
如果王宮在危機時刻不伸出援手，至今與王宮友好的貴族們可能也會離去。
其實，只是要展現援助態度的話，派出騎士團就足夠了。
或許僅有一時半刻的效果，但周邊的魔物一定會減少。
這邊的癥結點在於，貴族們已經得知「聖女」確實能有效對付魔物。
若是派出騎士團就能解決，宰相自己也想這麼做，不過，這樣就需要花一段時間才能解決問題。
而且並不是一勞永逸。
換作是「聖女」的法術，別說解決問題，還不用耗費多少時間。
在西邊森林時，便證實了這一點。
儘管如此，真的只派遣騎士團出去的話，那些以自身利益為重的人們應該不會接受。
宰相抬起原本垂下的視線，緩緩開口道：
「不，還是要請聖小姐前往當地。」
「明知她施展不了法術，仍要這麼做嗎？」
「這已經不是她能不能施展法術的問題了。」
宰相看見艾爾柏特的眼神帶有厲色後，便解釋問題點在何處。

之後，他也表示當前最重要的是派出「聖女」，能否施展法術還談不上是問題。

艾爾柏特聽完宰相的說法，顯而易見地面露不快，眉間皺起褶子。

「聖小姐人過去才是最重要的。要是因為不會施展法術就放棄派遣，肯定會遭到那些持有領地的人抵制。」

「話雖如此，派過去卻施展不了法術的話，結果不是一樣嗎？」

「我確實有耳聞聖小姐回到王宮後就沒辦法施展法術。然而，這會不會是因為沒有迫切的需要，才施展不出來呢？」

「這……」

宰相這番話讓艾爾柏特一時語塞。

「聖女」的法術依然謎團重重，已知的部分非常稀少。

因此，誠如宰相所言，可能只是現在沒有像西邊森林時那樣有迫切的需要，具體來說就是沒有淨化對象，所以才沒有發動法術。

雖然聽說「聖女」的法術也曾在藥用植物研究所發動過，但宰相並未將其納入考慮範圍。

因為法術發動的對象不是瘴氣而是藥草，他便認為那應該是其他法術，並非淨化的法術。

結果，目前還是不清楚「聖女」法術的發動條件是什麼。

宰相自己也明白，按現在的狀況把聖派出去是一場豪賭。

即使派聖去克勞斯納領，也不能保證她就施展得了「聖女」的法術。

儘管知道這一點，但在經過諸般考量後，除了派聖出去以外別無選擇。

艾爾柏特也了解宰相所說的問題，只是依然沒辦法同意在現在的狀況下派聖出去。

如果聖到了克勞斯納領卻仍無法施展法術，應該很難迅速解決問題。

就算騎士團一定程度上可以應付，想必也需要花費不少時間。

到頭來，可能仍是會遭到貴族們的批判。

若是他們自己承受批判就算了，然而就怕會是聖變成眾矢之的。

接連浮現於腦海的淨是不好的預想，在不夠完善的狀態下派聖出去這件事，讓他感到非常擔憂。

艾爾柏特還不肯罷休。但才剛開口，原本一直靜靜聽著的國王彷彿要打斷他似的說道：

「將聖小姐派往克勞斯納領。」

國王一聲令下，就此定案。

儘管不是期待中的決定，艾爾柏特還是用力握住拳頭，把來到喉間的話語吞了回去。

既然國王已拿定主意，這個場合便有了結論。

之後再找機會重新討論這件事，想辦法阻止把聖派出去吧。

在內心做了這個打算後，艾爾柏特便與尤利一起離開國王的辦公室。

第二幕　克勞斯納領

「聖。」

一道呼喊聲從馬車外傳來，我轉向窗外，發現團長在旁邊騎著馬。

團長看向前方說：「可以看到了哦。」

聽他這麼說，我也跟著稍微探出頭看向前方，便見到聳立於山丘上的城堡，以及從城堡延伸到山腳的城鎮，還有環繞四周的城牆。

那是我們的目的地——克勞斯納領的領都。

「哇！」

現在是午後時分。

瓦屋頂沐浴在稍微西斜的陽光下，顯得橘色更加鮮豔。

城牆與城堡是石造的，所以和鎮上的建築物相反，色調比較暗。

但是，這般風景讓我聯想到自己一直很想去的歐洲景色，忍不住發出了歡呼聲。

什麼？你說我至今為止所居住的王都也長這樣？

話是這麼說沒錯啦，但王都和克勞斯納領的風情有點不一樣。

也許是因為這個緣故，格外觸動我的心……

在我為映入眼簾的景致感動不已時，馬車也依然在前進。

包括我在內的一行人穿過森林，來到田地綿延的平原上。

再一下下就抵達目的地了。

離開王都後，我們「幾乎」是一直線地來到這裡。

這很理所當然，畢竟是趕著去解決克勞斯納領的危機。

只不過參加遠征的部隊規模還滿龐大的，我們並沒有走得太急。

由於需要耗費幾天才能抵達克勞斯納領，所以也有在途經的城鎮過夜。

當時遇到了很多狀況。

發生問題的不是只有克勞斯納領而已，各地區的領主都會跑來向騎士團求助。

因此，在城鎮過夜時，當地領主就會拜託我們幫忙處理各式各樣的事情。

只要在能力範圍內，我們都想盡量幫忙，但這趟旅程必須趕路，大部分的請求都拒絕了。

大多數領主聽了我們的解釋都願意體諒，不過也有人不肯輕易罷休，緊纏著不放……

而且出於政治因素，我不能擅自決定要幫忙，真的很傷腦筋。

拒絕的時候內心都會非常難受，重複好幾次後，實在會令人感到精神疲憊。
雖然我有留意不要表現在臉上，但似乎被團長看穿了。
他在途中調整計畫，特意不選在當地的領都過夜。
當我正在回想旅途上的經歷之際，馬車穿越平原地區，終於來到城門前。
可能是因為要進入鎮上，馬車慢慢地降速。
多虧有事先通知，我們沒有被擋在城門外，就這樣一路前往領主居住的城堡。
路上看到的街貌比王都還要狹小雅致，但還是頗為繁榮。
之前聽說魔物增生不少，影響到主要產業的藥草栽培，所以我以為氣氛也會比較陰鬱一點，不過並非如此。
擦肩而過的人們表情，真要說的話，是偏向開朗的。
難道沒有想像中的那麼嚴重嗎？
還是說，這座城鎮的居民擁有強健的精神構造？
在我思考這種事情時，好像已經抵達城堡入口了。
馬車停下來。
我做了一個深呼吸，提起幹勁。
接下來必須以「聖女」的身分來行動才行。

如同在事前會議上聽到的，我在馬車內靜待車門從外側打開。

據說尊貴之人不能自己下車。

稍候片刻，馬車的車門就從外側打開，外頭的陽光照射進來。

我從入口探出頭，看到團長站在旁邊，朝準備下馬車的我伸出了手。

儘管我有在上禮儀課，但並沒有因此習慣讓人護送，所以覺得有一點難為情。

抱著難以言喻的複雜心境，我的臉頰隱約發僵。

嗯，用笑容掩飾過去吧。

我一邊注意別讓表情變得太奇怪，一邊輕輕抓住伸過來的手，走下馬車。

從腳邊抬起視線後，便看到傭人們排列在城堡的玄關前，一名衣飾華貴的男性站在他們中間。

看起來年齡應該落在五字頭的後半段。

髮色是參雜白髮的灰色，身高比我高一點。

那就是領主嗎？

在團長的引導之下，我走到那個人的前面。

團長停下腳步，而我站到他旁邊後，那名男性就開口了。

「歡迎大駕光臨。我是負責治理這塊領土的丹尼爾・克勞斯納。」

克勞斯納大人在打招呼的同時，還用優美的動作彎腰行禮，後面的傭人們也配合他一同鞠躬。

「聖女」與地方領主之間，「聖女」的地位比較高。

所以這也是沒辦法的事情，但看到別人對自己畢恭畢敬的，還是讓我感到非常不自在。

畢竟我從以前到現在都是一般老百姓。

這種事情還是盡快讓它結束吧。

我忍著不讓笑容僵掉，也打招呼回去。

「我叫做聖．小鳥遊，這陣子要勞煩您照顧了。」

「我是統領第三騎士團的艾爾柏特．霍克，請多指教。」

團長接在我後面打完招呼後，克勞斯納大人就抬起了頭。

接著，他代表傭人們將管家和侍女長介紹給我們。

管家和侍女長看起來也跟克勞斯納大人一樣五十幾歲。

管家身材修長，侍女長則相反，外型有福態，身高比我矮。

聽說有事情找這兩位就可以了。

他們兩人都散發著溫和的氛圍，感覺很好攀談，讓我鬆了一口氣。

「兩位遠道而來，一定累了吧。這邊先帶兩位前往房間。關於領地的事情，就稍作歇息後再議。」

「謝謝您的費心。」

簡單打完招呼後，他們立刻帶我們去房間。

雖說半路上有休息，但畢竟還是坐了一整天的馬車，這樣的貼心安排很令人感激。

我這邊是由侍女長帶我去的，所以我跟在她的後面。

分配給我的房間似乎是樓上。

由於沒有電梯，我們是爬樓梯上去的。

我一邊爬樓梯，一邊心想自己這一年來，已經相當習慣上下樓梯了。

王宮的天花板很高，樓梯也相對較長。

拜此所賜，換作在日本一定都是搭電梯的距離，我現在也可以輕而易舉地爬上去了。

當我一邊想著這種事情一邊走路時，似乎就抵達房間了。

侍女長打開房間的門。

她帶我來到的房間看起來採光很好，也相當寬闊。

大部分的家具都是色調沉穩、帶有年代感。

是用胡桃木做的嗎？

壁紙和窗簾等家飾也都是翡翠綠，有做到色調統一。

整體來說，氣氛非常棒。

「請您使用這間房間。」

「謝謝。」

侍女長應該很忙吧，她一帶我抵達房間，立刻就退出去了。

目送她離開後，我馬上在設置於房間內的沙發上坐下。

我靠在椅背上，整個人大解放。

希望可以原諒我這種有點沒規矩的行為。

這是我第一次的長途旅行，真的是滿累的。

「您要不要換上日常便服？」

「唔嗯，等一下還要去見克勞斯納大人對吧？」

「聽說是如此。」

「那穿這樣可以嗎？」

「面會克勞斯納大人的時候要換另一套衣服，所以我建議您可以先換上較為輕便的衣服。」

「這、這樣啊，那就換衣服吧。」

跟我講話的人，是從王宮陪同過來的侍女——瑪麗小姐。

因為可能會在克勞斯納領停留很長一段時間，才會讓她陪我一道過來。

如果只是日常大小事，我可以自己來，所以我一個人也沒問題就是了。

雖說有在禮儀課上學到一定程度的事情，但我對貴族社會還是很生疏。

比如說，與人見面時該穿什麼衣服，像這樣的小細節我就沒有完全記清楚。

因此，我決定這種與貴族有關的部分就請瑪麗小姐幫忙。

然後還有對外觀感的問題。

要是「聖女」身邊沒有任何侍女陪同，在王宮人們眼中似乎是個問題。

於是，除了瑪麗小姐之外，還有一名侍女從王宮陪同過來。

當另一名侍女在整理從王宮帶過來的行李時，瑪麗小姐就從行李中拿出我平常在穿的衣服。

我從沙發上站起來，脫下身上的長袍。

長袍是之前謁見國王陛下之際穿著的華麗服飾。

我在路上都是穿著日常便服，並披著宮廷魔導師團的長袍，但因為今天要與領主見面，就穿了這件華麗的服飾。

雖然並不是禮服，不會憋到喘不過氣，但比起日常便服，還是覺得肩膀很僵硬。

嗯？

「面會領主的時候，不穿這件長袍嗎？」

「因為有準備另一件長袍，所以應該會請您穿那一件，還是您要穿禮服呢？」

「不！請務必讓我穿長袍！」

「我明白了。」

剛才聽到面會克勞斯納大人前要換衣服，我一瞬間以為要穿禮服，結果一問之下，原來還是有準備長袍。

差點就要自找麻煩了，害我著急了一下。

見我鄭重地拒絕後，瑪麗小姐和侍女竊笑了起來。

因為她們知道我不喜歡穿很憋的禮服。

我有什麼辦法，就是穿不習慣嘛。

不對，我也不想平常就把禮服穿在身上。

換日常便服時，侍女讓我看了另一件長袍。

這一件也很華麗。

水藍色的布料上，以各式各樣的彩線縫上細緻的刺繡。

據瑪麗小姐所說，除此之外，還帶了幾件禮服。

準備的衣服都這麼華麗真的沒問題嗎……

「沒問題的。既然是『聖女』大人穿著的服飾，這點程度很正常。」

「是這樣嗎？」

「是的。告訴您一個祕密……」

也許是從我的微妙表情推測出我正在想的事情，侍女便這樣安慰我。

她說到一半壓低嗓音，提到的是愛良妹妹的事情。

「愛良小姐也有好幾件這樣的禮服哦。」

「咦？」

「因為凱爾殿下一直送禮服給她呀。」

哦，第一王子送的啊。

我默默地在心中這麼想時，只見瑪麗小姐帶著可怕的表情站在侍女背後。

「妳在說什麼？」

「啊！」

聽到瑪麗小姐對自己這麼說後，侍女露出「完蛋了」的表情。

她原本想偷偷地跟我說話，但沒想到瑪麗小姐也聽到了。

在這之後，侍女結結實實地挨了一頓訓。

當我換完衣服，正在與整理行李的兩人聊天之際，有人敲了房間的門。

瑪麗小姐去應門，發現是剛才的侍女長。
她好像是來送休息用的茶水。
「謝謝妳。」
「不用這麼客氣。還請在這裡慢慢放鬆休息。」
侍女長把茶組擺在沙發前的桌上，我向她道謝後，她就回以爽朗的笑容。
後續服務由瑪麗小姐接手，而侍女長再次退出了房間。
注入茶杯的茶水顏色很淡。
我拿起杯子含了一口茶，發現有獨特的香味。
侍女長準備的似乎是富有香氣的草本茶。
真不愧是藥草的一大產地。
我覺得我好像在日本喝過，不過這是用了哪種香草呢？
我一邊思考，一邊伸手去拿佐茶的蘋果。
蘋果小小顆的，不是常見於日本的大蘋果。
放入口中，感受到輕脆的口感後，一股清爽的酸味和甜味在嘴裡擴散開來。
甜甜的東西很適合用來紓解疲勞呢。
隨著我一邊跟瑪麗小姐她們聊天，一邊悠哉地休息，時間轉瞬即逝。

從窗戶可以看到外頭天色昏暗。

咦？不是要面會克勞斯納大人嗎？

「還沒有要去面會嗎？」

「沒有聽說詳細的時間。要我去確認嗎？」

「可以麻煩妳嗎？」

正好就在此時，有人敲了房門。

瑪麗小姐開門，就看到這座城堡的侍女站在外面。

我隱隱約約能聽見侍女和瑪麗小姐的對話內容，但似乎跟我預想的不一樣。

瑪麗小姐回來後，果不其然，並不是要去面會克勞斯納大人。

「與克勞斯納大人一家共進晚餐嗎？」

「是，對方是這麼說的。沒有提到任何關於面會的事情。」

「這樣哦。」

雖然與預定不同讓我感到奇怪，不過，或許對方是要一邊用晚餐，一邊討論克勞斯納的情況。

總之，先做好去用晚餐的準備吧。

想到這裡，我就去請瑪麗小姐幫我做準備。

◆

城堡侍女帶著我前往晚餐的會場——餐廳。

在那之後，由於跟原先的預定不同，要去用晚餐，所以做準備時起了小爭執。

至於在爭執什麼，是關於要穿的衣服。

我和瑪麗小姐她們的意見產生了分歧。

說到這個國家的貴族常識，那就是用晚餐時一般都是穿禮服。

因此，瑪麗小姐她們建議我穿禮服，但我堅持要按照原本的預定穿長袍。

若問我為什麼要堅持穿長袍——因為在疲憊不堪的情況下，我不想穿太憋的衣服。

儘管我是喪女，但也不表示我不會憧憬像禮服那種閃亮亮、輕飄飄的衣服。

斯蘭塔尼亞王國流行的禮服太過華美，我都不敢穿，但看著就會感到怦然心動。

在日本的時候，我也很喜歡欣賞可愛的服飾。

不過，我一直覺得跟自己不搭，從來沒有穿過。

雖然並不是不想穿穿看，可是穿不適合自己的衣服會讓我內心不安。

所以來到這個世界後，遇到「不得不穿」禮服的狀況時，我其實是有一點點期待的。

在那種狀況下，喪女會覺得穿禮服是不得已的事情，內心的不安也會稍微減少。
然而，實際穿了一回，就切身感受到了理想與現實的差距。
禮服是賞心悅目，但要穿一整天實在非常折磨人。
尤其是束腹。
身體狀況正常時綁束腹都很難受了，要是現在穿上去，我一定會昏倒的。
而且，在緊勒著腰部的狀態下，我不覺得自己還會有胃口吃晚餐。
想辦法讓她們同意讓我穿長袍真是太好了。
「聖。」
「霍克大人。」
即將抵達餐廳之際，就被團長叫住了。
團長看起來也從旅裝換成了平常的騎士服。
「那是新的長袍嗎？」
「對，王宮幫忙準備的。」
「這樣啊。妳穿起來很好看哦。」
「咦？那、那個，謝謝。」
突如其來的一顆炸彈，讓我慌了起來。

我平日裡都是相同的打扮，所以對於受到這種稱讚還是老樣子沒什麼抵抗力。
我感覺到自己的臉微微發燙，好不容易才出聲答謝。
對照之下，團長依然一如往常，臉上帶著令人著迷的帥氣笑容。
稱讚女性的禮服似乎也是一種禮節，我是不是該稱讚回去比較好？
說他今天也很帥這樣？
不，我哪做得到！
「進去吧。」
「好、好的。」
當我正在煩惱接下來怎如何是好時，團長就把手臂伸了過來。
好像是要護送我到餐廳裡面。
我內心小鹿亂撞地抓住他的手臂。
進入餐廳後，克勞斯納大人一家已經到齊了。
我們是最後到的樣子。
入座後，克勞斯納大人寒暄幾句，開始用晚餐。
接著，在聽對方寒暄的同時，我想起一件討厭的事情。
我想起的，是這個國家的料理情形。

由於習慣了研究所的飲食，害我完全忘記這個國家的料理很重視素材的原味。
簡單來說，就是味道非常淡。
而且愈是高級的料理，這一點就愈是明顯。
水果自帶酸味和甜味，倒是沒什麼關係，換作是肉料理的話，老實說根本不夠味。
儘管我肚子非常餓，但要是這樣，搞不好穿禮服還比較好。
用束腹綁著腰，感覺可以轉移肚子餓的感覺。
在我覺得完了而後悔不已之際，料理已送進餐廳裡。
「這是……」
我對送進來的料理感到吃驚，看向克勞斯納大人，只見他微微一笑。
我的視線再次回到料理上。
料理是這個國家常見的烤雞，但還添加了迷迭香。
這樣的組合讓我覺得很眼熟。
送來的烤雞是用一整隻雞烤製而成，然後由管家幫忙切開。
裝好食物的盤子擺到我眼前，散發出好聞的香味。
我將分到的雞肉送進口中，除了迷迭香以外，還有其他香草的香味在嘴裡擴散開來。
「您覺得如何呢？」

「非常好吃。這是克勞斯納領的料理嗎？」

「不，這是我們耳聞王宮最近在流行這種使用藥草入菜的料理，所以嘗試著重現看看。」

他說的，應該是我做的料理吧。

只不過，今天的料理使用到的藥草種類比較多。

是廚師自己改編後添加的嗎？

畢竟是藥草的產地，可能也通曉藥草的香味。

繼草本茶之後，我在這裡又體會到克勞斯納領的厲害之處。

我教給研究所廚師的食譜，也傳給了王宮廚師。

也許拜此所賜，聽說王宮餐廳也變好吃了。

大概是經由可以在王宮餐廳用餐的人們，像這樣傳到各地貴族耳中。

說不定食譜也傳出去了。

今後可能會常常前往外地，不過，這樣應該就不用擔心飲食了吧？

希望其他地區的料理情形也已經有所改善。

一邊用餐，克勞斯納大人一邊告訴我們許多關於領地的事情。

他所說的內容，並不是克勞斯納領目前的情況，而是領地的介紹。

由於克勞斯納領的主要產業是栽培藥草，話題內容自然而然會以藥草為中心。

從領地所栽培的藥草，到這座城鎮周邊可以採到的藥草種類等等，他談到的事情都讓我非常感興趣。

而且還有提到我沒聽過的藥草名字，我忍不住東問西問了一番，但克勞斯納大人並沒有露出不悅的神色，教了我很多知識。

「小鳥遊小姐也會做藥水之類的嗎？」

「是的。我平常會在王宮的藥用植物研究所做藥水。」

「原來是這樣呀。那麼，小鳥遊小姐也是一位了不起的藥師呢。」

「我不確定有沒有到了不起的程度就是了……」

「這座城堡裡也有專屬的藥師哦。」

「是這樣嗎？」

據克勞斯納大人所說，這座城堡的專屬藥師被譽為鎮上最傑出的藥師。

在藥師的聖地被譽為最傑出的藥師，究竟是多麼厲害的人物呢？

我突然想起莉姿在王宮圖書室跟我說過，藥師家有代代相傳的祕傳藥水。

如果是那麼厲害的藥師，極有可能會知道許多關於祕傳藥水的事情。

雖然要拿到配方或許有困難，但說不定也能打聽到更詳細的一般藥水和藥草資訊。

想到這裡，我詢問克勞斯納大人能否讓我見一見專屬藥師，他很乾脆地就答應了。
看來他早料到我會這麼說了。
話題順利地進行下去，克勞斯納大人將會在我們停留期間將藥師介紹給我。
取得承諾後，晚餐到此散會。
在談論形形色色的事情之間，時間已經不早了。
說起來，到最後還是沒聽到領地的情況。
不小心就沉迷在藥草的話題中，完全忘了這件事。
也許明天再問問看克勞斯納大人好了？
「怎麼了？」
回房途中。
我邊走邊思索，結果團長就一臉擔心地朝我這麼說道。
晚餐結束後，他說要送我回房，所以我們正在一起走回去的路上。
「我想起自己忘記問魔物的情況了。」
「哦，那妳不用擔心，克勞斯納閣下已經將事情告訴我了。」
「咦？」
據團長說，當我在房裡悠哉休息時，他就在和克勞斯納大人以及受雇於領地的傭兵團人士談話。

之所以沒有叫我去，是因為顧慮到我不習慣長途跋涉，應該很疲憊。

雖然我非常感謝這份關心，但沒能參與到公事還是讓我的內心充滿歉疚。

「明天起就要參加討伐嗎？」

「不，我打算花幾天在周邊進行預先調查，妳就在城堡裡等消息吧。」

「我知道了。」

如果明天起就要討伐魔物，不知道需不需要我加入支援？但一問之下才得知還沒有要討伐魔物。

如同團長所說，要先確認地形和魔物種類等等，必須做好各種預先調查。

既然我可以留在城堡裡等待，那我明天立刻就去見專屬藥師好了。

對了。

順道問問看如果情況允許，能不能讓我在城堡裡做藥水？

雖然從王宮帶了一定數量的藥水過來，但能夠在這裡進行補充是最好的。

儘管王都那邊藥草短缺，不過這裡是產地，說不定還有藥草。

也向克勞斯納大人確認藥草的庫存狀況吧。

於是，我一邊和團長商量明天之後的計畫，一邊回到了房間。

◆

隔天早上——

早餐是在比昨晚小一點的餐廳，和克勞斯納大人一家一起享用。

我在早餐的餐席上向克勞斯納大人確認後，他立刻決定等一下就要介紹專屬藥師給我認識。

聽說藥師固定在城堡內被稱為蒸餾室的場所工作。

城堡內使用的藥水都是在那間蒸餾室製作的。

克勞斯納大人帶著我在走廊上前進。

蒸餾室好像是在一樓的樣子。

抵達目的地後，克勞斯納大人敲了敲門，然後把門打開。

我跟他一起走進去，便聞到撲鼻而來的藥草味。

蒸餾室牆邊擺著幾個架子，上面滿滿排列著裝有乾燥藥草的瓶子和製作藥水的工具。

室內中間擺著一張桌子，上面也放著工具。

蒸餾室深處似乎還有房間，可以看到通往房間的入口。

有幾個人在蒸餾室裡做著各自的工作。
即使發現克勞斯納大人走進室內，大家也只是點頭致意，不曾停下手。
克勞斯納大人什麼都沒說，表示這就是平常的情形吧。
那麼，我們要找的人在哪裡呢？我偏過頭，而克勞斯納大人就朝裡面喊了聲：
「柯琳娜。」
「哎呀，是老爺來了啊。您來此有何要事？」
一名白髮老太太一邊回應克勞斯納大人，一邊從內側房間裡走出來。
她的脊椎有點彎，身高比侍女長還要矮。
或許是因為這個緣故，雖然她不胖，但給人一種矮小圓潤的印象。
一反這樣的印象，她老而強健，散發出對工作要求嚴格的氛圍。
「這位是來自王都的『聖女』，小鳥遊小姐。」
「我叫做聖．小鳥遊。」
「太客氣了。我是這座城堡的藥師，名叫柯琳娜。」
雖然這是無可奈何的事情，但被介紹為「聖女」還是令我心情很複雜。
而且還不小心顯露在臉上，導致浮現的笑容很生硬。
不過，柯琳娜女士看似並未放在心上，也向我打了招呼。

報完名字後，柯琳娜女士用眼神催促克勞斯納大人說明來意。

「我聽聞小鳥遊小姐會做藥水，便告訴她關於妳的事情，然後她表示一定要見妳一面，我就帶她過來了。」

「原來是這樣啊。」

「那個，如果您不介意，能不能向您請教藥草和藥水的事情呢？」

「可以呀，我正好要開始做今天的分量，我們邊做藥水邊談吧。」

「謝謝您！」

很幸運地，柯琳娜女士接下來就要做藥水了。

能夠看到最傑出的藥師的作業過程，實在太令人開心了。

一定可以學到很多東西。

克勞斯納大人將我介紹完之後，說是有其他工作，就在這裡道別了。

他離開後，克琳娜女士就從架子上取出藥草，開始進行作業。

「要做的是中級ＨＰ藥水嗎？」

「對，沒錯。您真了解呢。」

「不，只是碰巧記得而已，因為我很常做中級ＨＰ藥水。」

我是從材料來判斷的，似乎猜中了她要做的是中級ＨＰ藥水。

不過，當我說出「很常做」的時候，柯琳娜女士的眼神似乎閃過一抹精光，是我的錯覺嗎？

似乎是我的錯覺。

我目不轉睛地觀察柯琳娜女士，但她正一臉認真地製作藥水。

她的手藝非常好。

真是名不虛傳。

柯琳娜女士一邊進行作業，一邊告訴我現在使用的藥草和藥水的事情，然而她手上的動作卻沒有一絲停頓。

於是，藥水在談話間一瓶接一瓶地做好，做完第五瓶後，她呼出一口氣。

看起來有點累了。

對了，我記得一般藥師一天好像只能做十瓶左右的中級藥水。

大量製作對我來說是很理所當然的事情，所以我徹底忘了。

這麼一想，能夠一次連續做出五瓶藥水的柯琳娜女士，果然是相當優秀的藥師吧？

「小鳥遊小姐要做做看嗎？」

「可以嗎？」

當我在思考柯琳娜女士的事情時，她本人就提議讓我做做看藥水。

我是今天才剛被介紹過來的客人，使用他們工作的地方真的沒問題嗎？

難道說，可以接受製作藥水的指導？

我做了各種確認後，便見柯琳娜女士笑著點點頭。

不知道會受到什麼樣的指導。我滿懷期待的同時，開始按照平常的步驟來製作藥水。

這次由柯琳娜女士目不轉睛地盯著我手上的動作。

第一瓶、第二瓶、第三瓶……

我接二連三地做出藥水，不過柯琳娜女士什麼也沒說。

是因為步驟上沒有奇怪之處嗎？

她一語不發的話，會讓我感到有點不安。

第六瓶、第七瓶、第八瓶……

既然她沒阻止我，我就不停做下去。

就這樣，在我開始做第十五瓶之際，柯琳娜女士的表情垮了下來。

「妳還能繼續做啊？」

她用驚訝的表情看著我這麼說道。

直到剛才為止的敬語也蕩然無存，看來她是相當震驚。

「是的。我平常都是做這個數量的兩倍。」

「哇……真令人佩服。」

聽到我這麼說，柯琳娜女士傻眼似的笑了。

是不是在第五瓶左右就停下來比較好？

我傷腦筋地回以笑容後，柯琳娜女士就帶著笑意說道：

「哎呀，『聖女』大人說要做藥水，我還以為一定是當作來玩玩的，結果卻出乎我意料呢。妳的手藝已經達到爐火純青的地步了吧。」

「呃……謝謝。」

「這樣的話，聊聊更深入的話題，妳應該也跟得上吧。」

聽到柯琳娜女士竊笑著這麼說，我不由得眼睛發亮了。

該不會是要告訴我祕傳藥水的事情吧？

我用期待的眼神看她，不過她推測到我的想法後，一口拒絕了。

「別著急，先從基礎開始。」

「是。」

也許是從我的表情看出我有一點沮喪，她便露出了苦笑。

「好，那麼小鳥遊小姐，我先從初級ＨＰ藥水的應用開始說明吧。」

「沒問題。對了，能不能別再叫我小鳥遊小姐呢？叫我聖就可以了，畢竟我是來跟您學

習的。」

「是嗎？那我就這麼稱呼妳吧。」

如今敬語都沒在講了，還不上不下地被稱為「小鳥遊小姐」，實在是令人渾身不自在。同樣地，事到如今改回敬語也晚了，所以用平常習慣的方式來說話就好。因為我是來向她求教的。

我請她用一視同仁的方式來對待我後，或許她也覺得這樣比較輕鬆，便答應了。

後來我們也討論了許多事情，在不用討伐魔物的日子裡，我會一邊幫忙柯琳娜女士製作藥水，一邊請她教我藥草和藥水的知識。

第三幕　傭兵團

今天也從早上開始製作藥水。

我整裝完畢後，就前往城堡的蒸餾室。

身為專屬藥師的柯琳娜女士起得很早，我過去的時候，她通常已經在進行作業了。

在這個世界，一般都是日出就開始工作。

雖然我也有效仿這一點，但柯琳娜女士還是比我早開始工作。

我原本想和她同一時間開始工作，不過她說跟其他人同一時間來就可以了。

看來她一大早所進行的作業不想讓其他人看見。

似乎與祕傳有關，所以她沒辦法告訴我太多。

我抵達蒸餾室後，柯琳娜女士果然已經在製作藥水了。

「早安。」

「哦，早呀。今天能不能幫我準備中級ＨＰ藥水呢？數量寫在那邊的紙條上了。」

「我明白了。」

我按照柯琳娜女士所說，確認過紙條後，開始準備中級ＨＰ藥水的材料。

排列在桌上的材料，和我在研究所學到的不太一樣。

裡面混雜幾種平常沒在使用的藥草。

相對地，使用材料的總量也比平常還要少。

這是柯琳娜女士的祕傳配方。

雖說是祕傳，但好像出於種種原由，她才會把這個配方告訴我。

當我將藥水材料倒進鍋裡攪拌之際，蒸餾室的門就隨著一聲巨響被打開了

開始進行作業後，已經過了一小段時間，不過現在還是清早。

究竟是誰這麼早就搞這一齣？我嚇了一跳，往門的方向看過去，就發現有個只能稱為大塊頭的高大男人走進來，而且一臉凶神惡煞。

不止是因為身高才說他大塊頭。

該怎麼說呢，就是很厚。

雖然第三騎士團的人們也個個精壯結實，但這個人有過之而無不及。

上臂和胸膛的肌肉都厚了一圈左右。

由於各方面來說都實在太大了，甚至顯得室內空間好像變窄了。

他留著褐色短髮，琥珀色的眼眸相當銳利。

儘管顏色相似，但所長的頭髮似乎比較毛躁。
我至今為止都沒有在意過，不過所長有在仔細保養頭髮嗎？
當我想著這種事情時，他朝我說話了：
「嗯？妳是婆婆的弟子嗎？」
他環視室內，發覺我在這裡後，這麼說道。
婆婆指的是柯琳娜女士嗎？
柯琳娜女士教我很多知識，周遭的人好像也很有默契地把我當作她的弟子，但我不確定能不能直接說自己是她的弟子。
在我煩惱該如何回答時，柯琳娜女士從內側的房間出來了。
「一大早就吵吵鬧鬧的，可不可以稍微安靜點啊？」
「我這樣已經算是很收斂啦。」
「哪裡收斂？所以你是來幹嘛的？」
「哦……我來拿昨天訂的藥水。」
「我說你啊，昨天傍晚接的訂單，你以為現在就做好了嗎？」
「啊，不是啦，我當然覺得很不好意思……但就是突然有急用……」
遭到柯琳娜女士狠狠一瞪，男人愈說愈沒有底氣。

這種語無倫次的地方，簡直就像是挨罵之後，垂頭沮喪的狗狗。

我感覺他頭上好像戴著下垂的狗耳朵，實際上並沒有戴就是了。

儘管柯琳娜女士身材矮小，但發怒的時候還是非常可怕，我可以理解男人瑟縮起來的心情。

話雖如此，柯琳娜女士會生氣也是正常的。

男人來拿的藥水，與其說是昨天傍晚，不如說是工作快結束之際才下的訂單。

雖然不是這名男性，不過我記得是傭兵團的人來訂的。

尤其是因為沒有指定期限，所以本來的話，只要今天正午過後做好就可以了。

而我現在正做到一半。

但是，這不成問題。

「真是沒辦法啊。聖。」

「是。」

柯琳娜女士喚了我一聲，我則向她點點頭。

接著，我從內側房間的藥水保管架上，按訂購數量取出藥水準備起來。

訂購的數目並不小，所以見到我排列在桌上的藥水後，男人看傻了眼。

他應該沒想到訂購的數量全部都準備好了吧。

如今都在高喊藥草短缺的世道，想知道怎麼會有多餘的藥水嗎？

犯人就是我。

我在練習柯琳娜女士傳授的中級與上級藥水的祕傳配方時，不小心就累積了這麼多。

當然練習時有得到柯琳娜女士的准許。

柯琳娜女士表示：「反正馬上就會賣出去了。」

因此，跟藥用植物研究所一樣，蒸餾室以緊急用為名義，保管著為數不少的藥水。

「厲害，真不愧是婆婆。」

「哼。要道謝的話就跟聖說吧。」

「聖？」

「那些藥水是聖做的，不過效力我可以擔保。」

聽到柯琳娜女士這麼說，男人再次看向我。

我感覺到他的視線，便說「我叫做聖」報上名字並行了一禮，然後他就朝我走了過來。

「我叫做萊昂哈特。負責帶領這座城堡的傭兵團。」

見他伸出右手，我想應該是要握手，於是也伸出了手，結果就被他牢牢握住了。

隨後，他露齒一笑，一邊說著「請多指教啦」，一邊用力拍了拍我的左肩，我不由得踉蹌幾步。

「萊昂！不許對女性如此粗魯！」

「嗚哇！對不起！」

「沒、沒關係……」

我一邊站穩身體一邊抬起頭，就跟一臉著急又看似充滿歉意的男人對上了眼。

從他立刻道歉來看，應該不是壞人吧。

「真的很抱歉，妳沒事吧？」

「沒事，不用擔心。」

「也謝謝妳的藥水啦。」

我笑著回應他，他便露出鬆了口氣的表情，接著在道謝過後，沒仔細聽我回答，人就匆匆忙忙抱著裝有藥水的箱子離開了。

蒸餾室再次恢復寧靜。

話說回來，他還真是個朝氣蓬勃的人。

他離開後的蒸餾室似乎比平常還要安靜，讓我更有了這樣的感覺。

◆

午後。

柯琳娜女士帶我去領都周邊的一大片藥草田。

從王都來到領都時是從麥田中間穿過的，而原來在另一個方向還有藥草田綿延出去。

不愧是藥草的產地。

王宮的藥草原也很廣闊，只是這邊的規模更大。

領都有森林，不能說是一望無際，但藥草田一路延伸到森林附近。

田地雖然在城牆外面，不過柯琳娜女士說很安全。

離城牆近的話，魔物幾乎不會出現，即使出現了也都非常弱。

那種程度的魔物，據說連柯琳娜女士都能對付。

在廣大的田地一角，柯琳娜女士要教我藥草的知識。

這就是所謂的實地研習吧。

我蹲在藥草田的中間，一邊觀察種植的藥草，一邊聽柯琳娜女士講解。

現在所看到的藥草，都是我不認識的植物。

或許是這個世界特有的東西也說不定。

至少我在日本很迷芳療的時候，都沒有聽過這樣的種類。

柯琳娜女士說明它們的形狀特徵、功能和處理時的注意事項等等。

「單獨使用這種藥草並沒有任何效果，但和其他藥草組合使用後，可以提高恢復量。」
「所以混進一般配方後，就能減少藥草的總量吧。」
「沒錯。」
這種藥草似乎是柯琳娜女士運用在祕傳配方的藥草。
調配所使用的是乾燥的藥草，因此乍看之下分辨不出來。
由於只具備觸媒的效果，一般來說不會被視為藥草。
原來如此。
或許我原本的世界是存在著這種植物的。
就像這個世界一樣，只是沒有被視為香草，所以在芳療方面不是主要素材。
講解結束後，我們兩人站起身，前往下一個藥草地點。
我伸了伸腰，緩解有點僵硬的身體，後方就傳來一道大嗓門的呼喚聲。
「哦，妳們在這裡啊！」
聽到陌生的嗓音，我回頭一看，發現一名壯碩的男性穿過田間道路，往我們走過來。
朝我們出聲的，是今早才在蒸餾室見過面的萊昂哈特先生。
我看向他的後方，忽然想起過去的一個朋友。
那個朋友非常愛肌肉。

愛到難以形容的地步……

朋友啊。

我從來沒這麼希望過妳現在人就在這裡。

這裡對妳來說一定是天堂吧。

請原諒我有一點走神了。

也許是剛討伐魔物回來，萊昂哈特先生背後跟著許多同伴。

他說過自己負責帶領傭兵團，那些人大概就是傭兵團的成員吧。

雖然萊昂哈特先生的身材已經很魁梧了，但後方人們也絲毫不遜色。

那句話該怎麼說來著？

是叫做虎背熊腰嗎？

全都是這種體型的壯漢。

要是我朋友現在就在這裡，應該會在旁邊擺出勝利手勢吧。

絕對會是這樣的。

正當我想著這種無聊的事情時，萊昂哈特先生已走了過來。

他一走近，立刻一臉興奮地說道：

「婆婆，早上我拿走的藥水是新產品嗎？」

「沒頭沒腦地說些什麼啊？」

「早上我拿走的那些藥水，比平常更有效耶！」

「這樣啊。那不是很好嗎？」

「什麼很好……原來那不是新產品哦。所以是那樣嗎？該不會是跟上級藥水搞混了吧？」

「如今這個世道，怎麼可能拿得出那麼大量的上級藥水啊？」

面對柯琳娜女士的冷淡態度，萊昂哈特先生垂下了肩膀。

所謂的新產品，指的是他以為那是新型藥水嗎？

說到早上交給他的藥水，應該就是我練習祕傳配方時製作的藥水吧。

昨天傍晚接到訂單後，今早就說要取貨，所以就拿保管在內側房間的庫存藥水給他了。

根據對話內容來推測，增強五成的魔咒似乎這次也生效了。

「不不不，那種效果不可能是中級藥水吧。」

「就是說啊，沒錯。」

「下級藥水也比平常在用的還有效。」

「雖然好像還不到中級的程度，但說不定算是同等級的。」

我們從田裡走到田間道路上後，就被萊昂哈特先生後方那群人給包圍住了。

他們也七嘴八舌地談論著藥水的性能。
這個反應……
總覺得好像在哪看過。
「我不是說了嗎？效果我可以擔保。」
「這麼說來，藥水不是婆婆做的吧。」
大概是想起早上聽到的事情，萊昂哈特先生轉頭看我。
受到他的影響，其他人也紛紛對我行注目禮。
被這麼盯著看，會讓我很困擾的。
當我在煩惱該怎麼辦時，柯琳娜女士就幫我說話了。
「要說是新產品也沒錯。今早交給你的確實是中級ＨＰ藥水，但那是用聖的祕傳配方做出來的。」
「真的假的！這麼年輕就做得出這種東西，未免太厲害了吧！」
「嗚哇！」
「萊昂！」
「啊，抱歉！」
萊昂哈特先生再次恢復活力後，砰砰地拍了拍我的肩膀。

我被他拍得站不穩身體，柯琳娜女士立刻斥了一聲。

嗯，真希望他能再稍微控制一下力道。

我回以模稜兩可的笑容後，垂頭喪氣的萊昂哈特先生就說了聲「對不起」，再次向我道歉。

話說回來，祕傳配方啊……

實際上，今天交出去的藥水，使用的都是柯琳娜女士指示的材料。

要說唯一的不同之處，應該只有製作藥水時注入的魔力吧。

因為我的魔力似乎和其他人不一樣。

如果把魔力當作材料，某方面來看，也許這也可以說是我的祕傳配方吧。

然而，研發一種祕傳配方需要付出龐大的勞力。

而且效果高的藥水更是如此。

只不過差在魔力而已，就將其稱為我的祕傳配方，這會讓我非常於心不安。

畢竟，除此之外的部分都是柯琳娜女士的心血。

我相當在意這件事，偷偷瞧了柯琳娜女士一眼，只見她揚起一邊的眉毛，微微點了點頭。

應該是要我別在意吧。

我感到很抱歉，於是稍微低下頭，避免萊昂哈特先生等人發現，而柯琳娜女士則抿唇淡淡一笑。

我與柯琳娜女士的交流似乎沒有被發現。

暢聊藥水的話題一陣子後，萊昂哈特先生等人就決定回城堡了。

「話說回來，原來妳是這麼厲害的傢伙啊。多了一個有本事的藥師真是幫了大忙啦。今後也請多多指教啊！」

「啊，好的。」

道別時，他又打算拍我的肩膀，但大概是想起剛才挨罵的事情，他露出困窘的表情後，抬起的手就這樣放到自己頭上，搔了一搔。

看來他這次記住了。

接著，結束最後這聲道別後，吵吵鬧鬧的萊昂哈特先生一行人便往城堡的方向走去了。

我呼出一口氣，柯琳娜女士就輕輕拍了拍我的背部。

我看向旁邊，只見她正用無奈的表情笑著。

「那麼，我們前往下一處吧。」

「是。」

在柯琳娜女士的催促之下，我也前往下一個藥草的生長之處。

◆

在蒸餾室的作業告一段落後，我向周遭的人們打了聲招呼，便來到走廊上。

當我正在走回暫借的房間時，就看到團長從另一側走了過來。

「霍克大人。」

「聖。太好了，我正在找妳。」

「找我嗎？」

「發生什麼事了？」

一聽之下，才知道他正要去蒸餾室找我。

「沒什麼，只是想跟妳談談周邊的調查結果。」

「我知道了。那麼……要在哪裡談呢？」

「騎士團有借用一個房間，在那裡談吧。」

「好的。」

在前往目的地的路上，我們閒談了些近況。

我把在蒸餾室發生的事情告訴他。

這裡不愧是被稱為藥師的聖地，從柯琳娜女士以外的人們身上得知的事情，很多都非常有幫助。

由於克勞斯納大人將我介紹為「聖女」，所以起初大家都和我保持一定的距離，但在我追著柯琳娜女士東問西問之間，大家也就習慣了。

不對，與其說是習慣，不如說是他們很想聽藥用植物研究所的事情，最後終於忍不住了。

一開始找我攀談的人，散發出的感覺和正在談論魔法的師團長如出一轍。

並且，不是只有她一人而已。

畢竟是被稱為聖地，聚集在這裡的人們都熱衷於製藥，很多人一談到藥草和藥水的相關話題，眼神就不一樣了。

以最開始的女生為開端，當我和她討論的時候，加入圈子的人也漸漸變多。

雖然問題涉及多方面，但大部分都是問檢驗中的藥草效能和藥水的新配方。

我只能回答王宮內公開的研究內容，不過這裡跟日本不一樣，消息傳遞的速度似乎相當慢，所以有些內容蒸餾室的人們都還不知道。

把這些內容告訴他們後，他們都非常感謝我。

聽到他們的感謝讓我很高興，不由得就提起了使用於料理的藥草，結果如我所想，大家

都很好奇。

我以前有跟所長提過藥膳料理的事情，大家現在的反應就跟當時的所長一樣。

柯琳娜女士好像也很感興趣，問了許多問題。

雖然還有人說想吃吃看，但藥膳料理的食譜我實在是不記得。

因此，我只提及在王宮做的料理和使用的藥草效能。

儘管只有如此，對蒸餾室的人們而言，似乎已經很有意思了。

於是，在回答各種問題之間，我和蒸餾室的人們完全打成一片了。

當然，我也有請教他們問題。

以祕傳配方為首，我得到大量應該對我的研究有幫助的知識。

真的是萬分感謝。

「看來妳在蒸餾室累積到很好的經驗呢。」

「咦？是的，就是說呀。」

「看妳這麼開心，真是太好了。」

「啊，沒有。那個……」

聽到噗哧的聲響，我抬頭看向旁邊，就和正溫柔地看著我的團長對上了視線。

當我在說蒸餾室的事情時，似乎一不小心說得太忘我了。

竟然對專業領域不在這裡的團長大談藥草和藥水的專業話題。

察覺到這個事實，我感到有點不好意思。

一股微熱集中在臉頰上。

我忍不住垂下頭，結果耳邊再度傳來隱隱的笑聲。

我們抵達騎士團借用的房間。

雖然聽說是房間，但實際上是城堡占地內的兩層樓獨棟建築物，整棟都歸騎士團使用。

據團長所說，王宮騎士團遠征時總是會使用這個地方。

獨棟建築物的一樓是騎士們的待命所，從入口進去就是大廳。

大廳擺置著長桌和椅子，可以看到幾名騎士正看著地圖交談。

由於彼此都認識，所以他們發現團長和我進來後，便微微抬起手打招呼。

我跟在團長後面穿過大廳，爬上內側的樓梯。

二樓分為幾間房間。

其中一間就是當作團長的辦公室來使用。

辦公室裡面和王宮的隊舍一樣，擺著辦公桌和迎賓沙發。

在團長的示意下，我和他在迎賓沙發面對面地坐下。

「事不宜遲，立刻進入正題吧。」

「好。」

省掉開場白，團長開始說明騎士團的現狀和調查結果。

騎士們是分成幾個小隊來行動。

每個小隊分散於東西南北，以輪替的形式調查領都周邊。

剛才在一樓遇到的騎士們正好剛結束調查回來。

調查周邊的同時，騎士們也會討伐遭遇到的魔物。

根據報告所述，魔物的數量感覺上和以前的王都周邊差不多。

調查完成後就會正式開始討伐魔物，不過在平定之前應該要花上一段時間。

團長的想法似乎也跟我一樣。

「問題在於，可能要花點時間才能鎮壓住這裡的魔物。雖然我想盡可能讓妳早點回到王都……」

「不用擔心我哦。反正我可以在蒸餾室學習藥草的知識。」

「這樣啊。」

面對一臉歉意的團長，我跟他說我還有蒸餾室後，他就露出放心的表情。

接著，他微微一笑，可能是想起我沿路上說到的事情吧。

對不起，我整個沉迷在藥水裡了。
這時候，我忽然想起一件事，便決定問問看。
「既然調查中也會遇到魔物，就會用到藥水對吧？」
「是啊。」
「藥水還夠用嗎？」
「有從王都帶來一些，要是不夠用了，預計會從這座城鎮購買。」
「如果可以，要不要由我來做呢？」
「妳嗎？」
「對。當然還是要請你們幫忙準備材料，不過比起藥水，買藥草應該比較省錢。」
「話是這麼說沒錯，但製作藥水的話，不是要有設備嗎？」
「我會向領主確認，看能不能讓我在蒸餾室做藥水。」
「原來如此。既然這樣，蒸餾室的使用許可就由我來確認吧。」
「麻煩您了。」
現在只有在進行調查而已，所以藥水的消耗量很少。
然而，正式開始討伐魔物後，消耗量應該會暴增。
考慮到這次同行的騎士團規模，必須補給的藥水數量絕對不少。

我不清楚鎮上販賣的藥水是用什麼配方製成的。

如果他們是按一般配方來製作，我用祕傳配方來做還可以節省使用的藥草量。

雖說是藥草的產地，但這座城鎮同樣有藥草短缺的狀況，如果由我來做藥水可以省下材料，這樣也比較好。

我也有將這點告訴團長，考慮到經費問題，確實是會覺得這個方法比較好。

而若論個人因素，其實我有部分也是想以補給騎士團為理由，隨心所欲地練習祕傳配方。

儘管已經得到柯琳娜女士的准許，但我練習時所做的藥水實在太多了。

雖然這已經是我有所保留後做出來的量。

我有點擔心會不會和之前的研究室一樣，整間塞滿了藥水。

繼傭兵團之後，要是也能批售給騎士團，再多做一點應該也沒關係吧。

「回到正題一下，調查結束後就要討伐魔物了，沒錯吧？」

「按計畫是如此。」

「討伐魔物時，騎士團和傭兵團兩邊會聯合起來嗎？」

由於想起傭兵團的事情，我便確認討伐的事情，不過團長的臉色有異。

這是怎麼了呢？

我向他詢問後，他躊躇了一下子，然後含糊地把事情告訴我。

抵達克勞斯納領當天，我在房間裡休息的時候，團長他們就在討論這個地區的魔物情況。

當時，團長和受雇於領地的傭兵團成員們初次會面，但據說雙方處得不是很好。

說到守護克勞斯納領的傭兵團，他們以身強力壯聞名，至今以來幾乎都沒有要求過騎士團的支援。

不過，唯獨這次影響到領地的主要產業，才會接受騎士團的支援。

儘管是受雇於人，傭兵團想必對於守護這塊土地至今也感到相當光榮。

會面之際，他們感覺像是因為領主如此吩咐，才不情不願地接受了。

出於這樣的背後因素，以團長個人想法而言，即使是雙方聯合出擊，也不會將人員編制在一起，預計會分配各自的負責區域進行討伐。

跟領主一起和團長會面的，恐怕是萊昂哈特先生吧。

之前在蒸餾室見到他時，他也說過自己負責帶領傭兵團。

那個時候，他看起來不像是會和來自王都的人鬧不合就是了。

該不會是因為他不知道我是從王都來的吧？

這麼說來，到頭來我好像只有告訴他名字而已。

「怎麼了？」

「霍克大人見到的人，是萊昂哈特先生嗎？」

「是啊，妳認識他嗎？」

「他今天早上來蒸餾室拿藥水，我是在當時見到他的。」

「這樣啊。他有沒有對妳說些什麼？」

「不，沒有。」

萊昂哈特先生一直把我當作柯琳娜女士的弟子，所以團長不需要擔心。

當他發現我是和騎士團一起從王都過來的時候就不知道了。

不過，我倒不是很擔心。

今天看到傭兵團人們的模樣，我覺得他們原本就是好脾氣的一群人。

就算一開始有什麼芥蒂，到最後應該都會化解。

我這樣想會不會太樂觀了一點呢？

「我想不用擔心萊昂哈特先生。現在重要的是討伐的事情。」

「嗯，明天還是要繼續進行調查。討伐的日程確定後，我會再聯絡妳。」

「我明白了。」

還不到我出場的時候啊。

既然如此，就多待在蒸餾室學習一陣子吧。
對了對了，最好先把藥水可能會批售給騎士團的事情告訴柯琳娜女士。
我在腦中安排今後的計畫，由於也和團長討論完了，我便決定回自己的房間。

幕後

克勞斯納領，領主辦公室。

迎賓沙發上坐著領主丹尼爾及第三騎士團的團長艾爾柏特，還有領地雇用的傭兵團的團長萊昂哈特。

「他就是率領傭兵團的萊昂哈特。這位是這次前來支援的王宮第三騎士團的團長艾爾柏特・霍克大人。」

配合丹尼爾的介紹，萊昂哈特一聲不響地低下頭。

他的態度符合面對貴族的禮節，眼眸卻寄宿著挑釁的光芒。

艾爾柏特雖然察覺到萊昂哈特的眼神，但表情沒有什麼變化，落落大方地點頭回應。

萊昂哈特是站在傭兵團頂點的人物，比起其他傭兵，更常有機會接觸到貴族。

因此，他知道向貴族打招呼時，該做出什麼樣的應對。

另外，儘管從平常那副粗枝大葉的態度很難想像，不過他腦筋動得算快。

所以他明白克勞斯納領的處境，對於領主這次要求王宮支援一事，也覺得這是無可奈何的決定。

只是，這並不表示他就接受了。

萊昂哈特等人守護克勞斯納領至今，以此為傲。

就算是騎士團回應領主發出的支援請求，他們還是無法消除來自王都的騎士團是外人的想法，無論如何都抱持不了好印象。

這是自尊的問題。

互相介紹完之後，丹尼爾立刻開始說明自家領地的狀況。

即使是他，也並非沒有察覺到萊昂哈特的心情。

只不過，在弄巧成拙導致萊昂哈特惹事之前，他打算盡快結束這場會談，便公事公辦地推進話題。

「魔物果然增加了嗎？」

「對，附近森林裡的情況非常嚴重。魔物從那裡滿溢出來，最近還頻繁出現在森林外面。不過，跑到外頭的魔物都是交由傭兵團解決。」

「所以並沒有顧及到森林裡面？」

「沒錯。」

「那麼，就由我們進入森林對付魔物吧。」

此時，始終不發一語地聽著他們談話的萊昂哈特開口了：

「森林裡面由我們傭兵團來負責不是比較妥當嗎？騎士團的諸位初來乍到，對地理環境也不熟悉吧。」

「的確，周邊的地理環境是你們比較了解。但是，為了正確地掌握住這塊領地的情況，我認為進入森林調查還是有其必要性。」

艾爾柏特委婉地否決了萊昂哈特的提議。

艾爾柏特本身也無意和本來就在這裡的傭兵團起爭議，否決提議激怒對方這種事情他並不想做。

儘管如此，他還是要拒絕這樣的提議，因為他有必須進入森林的理由。

王都那邊依據克勞斯納領的情況得出一個結論，那就是在領地的某處，可能出現了之前在王都西邊葛修森林裡看過的那種黑色沼澤。

而且，聽說那座森林很容易孳生瘴氣，因此是黑色沼澤出現的可能性最高的候補地。

如果真的有黑色沼澤，單憑傭兵團大概難以解決。

對於在西邊森林親眼目睹過沼澤的艾爾柏特而言，這很容易就想像得到。

「聽說『聖女』大人這次也有前來，她今天不在嗎？」

「『聖女』大人長途跋涉至此，想必累了，所以讓她在房間裡休息。」

「我記得『聖女』大人也要參加討伐吧？感覺體力好像不太行的樣子，她也要去森林裡嗎？」

「計畫是如此。不必擔心，她只是不習慣長途旅行而已，短短幾天的討伐不成問題。在王都的時候，她也有參加葛修森林的討伐行動。」

「說到葛修森林，是王都的西邊吧。參加討伐的意思是，她也有進入森林裡嗎？」

「當然，她跟我們一起進入森林，參與討伐到最後一刻。」

「這樣啊……我知道了。」

萊昂哈特似乎也已經聽說「聖女」有加入這次的騎士團。

實際上，由於「聖女」要來到此地，城堡的人們這幾天為了做準備而鬧得天翻地覆。所以消息不可能沒有傳進萊昂哈特耳裡。

萊昂哈特看起來就一副不樂見騎士團來支援的模樣，卻只確認「聖女」的事情就作罷了，艾爾柏特對此發自內心地感到佩服。

他原以為萊昂哈特會繼續死咬著不放。

他會這麼想是有理由的。

在瘴氣變濃，王都周邊騷亂起來之前，王宮騎士團也會前往外地討伐魔物。

當時，儘管騎士團是應領主要求才過來支援的，當地的傭兵團卻經常用各式各樣的藉口

試圖趕走他們。

傭兵團要做出那種行動有很多理由，不過最大的理由是報酬。

有的領主以騎士團參加討伐為由，減少傭兵團的報酬。

雖然錯在領主，傭兵團卻最先把矛頭指向騎士團。

既然萊昂哈特沒有採取那種行動，就表示丹尼爾至今以來不曾吝嗇給予報酬吧。

艾爾柏特覺得，他們之間似乎已建立起信賴關係。

而且，這一點是事實。

就算不受待見，只要能冷靜地討論公事就沒有問題。

真要說的話，他只擔心萊昂哈特不知道會拿什麼態度對待「聖女」。

她是個熱衷工作的人，即使遭到傭兵團用負面情緒對待，她也會好好完成工作吧。

但是，這不表示她不會受傷。

他想盡一切所能不讓她受到傷害。

還是盡量減少「聖女」與傭兵團之間的接觸，竭力避免聖置身在負面情緒中。

艾爾柏特在心中下了這個決定。

克勞斯納領的領主城堡內，有個房間供傭兵團使用。

傭兵們平日都會在領地巡邏，除此之外的白天則會在這個房間裡待命。

待命時，他們會保養裝備或閒聊，隨心所欲地做自己的事情。

房門隨著喀噠聲打開，察覺到聲響的人們都將視線移往門處。

一看見走進來的人，幾乎所有人都再次收回視線，回去做自己的事情。

「歡迎回來，團長。」

「嗯。」

萊昂哈特走到房間深處，在平常的位置上重重地坐下後，負責處理傭兵團雜務的少年就拿著裝了液體的馬克杯過來。

萊昂哈特簡短回應少年的招呼聲，然後接過馬克杯，一口氣喝光裡面的水。

沒錯，是水。

並不是酒。

雖然從萊昂哈特的長相來看，絕對是酒比較適合他，但現在還是大白天。

一有事情就必須立刻出動，所以他從不在白天喝酒。

從外表看不出來，其實他對工作相當認真。

「你回來啦。」

「是啊，跟貴族大人講話害我肩膀痠得不得了。」

「哈哈！」

少年離開萊昂哈特後，換一名高大的男人走了過來。

他在傭兵團以副團長的身分輔佐萊昂哈特。

「所以對方怎麼樣？」

「還不差。」

萊昂哈特看著坐在對面的副團長，回了個感到無趣的表情。

看到萊昂哈特這樣，副團長隱隱笑了幾聲。

「還不差……嗎？這是什麼意思？」

「啊？就字面上的意思啊。因為討伐應該會進行得很順利。」

「也就是說，並不是惡劣的貴族嗎？」

「對啊。不會瞧不起我們，很淡然的模樣。沒有陰險的感覺。」

聽到討伐會順利進行後，副團長看起來鬆了口氣。

這次得知王宮騎士團會來參與討伐，萊昂哈特等人最擔心的就是會被騎士團給牽著鼻子走。

儘管克勞斯納領的領主丹尼爾不會瞧不起平民，但貴族中確實有這樣的人存在。

而且還不容許平民領先在前，任何事情都堅持要居於主導的地位。

副團長口中的惡劣貴族，指的就是這種人。

說到王宮騎士團的首長，那當然是貴族。

如果這次來的騎士團團長是那種人，可能會阻撓傭兵團的討伐行動以彰顯自己的功績。這是他們兩人的想法。

在這個魔物以非比尋常的速度增生的世道，雖然討伐效率下降也令人光火，但要是因為受到阻撓而導致有人喪命，這種事情無論如何也無法原諒。

這已經超出「畢竟是貴族，所以也沒辦法」的範圍了。

其實也無法肯定萊昂哈特今天見到的騎士團長就不是那種惡劣貴族。

所謂的貴族，往往都擅於做表面功夫，若騎士團長也是其中之一，那就不清楚他的內心想法了。

然而，萊昂哈特相信自己的感覺。

不知是否該稱為野生的直覺，萊昂哈特看人的眼光通常很準。

傭兵們也根據經驗，深知這一點。

既然萊昂哈特都說對方不差了。

副團長便覺得，那位騎士團長應該不會做出他們所擔心的事情。

「呼……不過，別拖累我們的腳步就好。」

「這很難說啊。撇開騎士不談，跟他們一起來的『聖女』大人似乎也要參加討伐的樣

子。」

「什麼！原來那個傳聞是真的啊？」

「好像是這樣。聽說以前也跟騎士團一起進過森林。」

他們兩人提到的傳聞，指的就是「聖女」參與了王都周邊的魔物討伐行動。

由於這陣子王都周邊的魔物明顯減少，這個傳聞還煞有其事地被到處傳述。

傳聞是藉由在城鎮間移動的商人傳到外地的。

傳聞以口述傳遞，經常會在途中愈傳愈誇張。

也有人說這次的「聖女」都躲在王宮裡，很少參與討伐。

因此，萊昂哈特等人都認為「聖女」參與討伐這件事只有一半可信，就算說她參與了王都西邊森林的討伐行動，頂多也只是跟到森林外頭而已。

但是，據騎士團長所說，「聖女」也進過森林，確實參與了討伐。

「不管怎樣，森林裡面是交給騎士團負責，我們負責森林外面，應該不會影響到我們這裡。」

「是這樣嗎？希望他們不會弄巧成拙，反而讓森林裡的魔物湧到外頭就好了。」

「聽說他們會做預先調查，沒什麼好擔心的吧。」

「是怎樣，你好像非常信賴他們嘛。又是直覺嗎？」

「對啊。那個男的看起來是工作嚴謹的人。」

「唔……好吧，你都這麼說了，那應該就是吧。」

對於斷定是直覺的萊昂哈特，副團長一邊露出苦笑，一邊思索今後的準備。

就算萊昂哈特的直覺很準，但也有失誤的時候。

還是做好準備以防不測比較好吧。

他們兩人一致這麼認為，便繼續討論今後討伐的相關事項。

◆

春日午後，柔和的光線射入室內。

在一片寂靜中，房間的主人約翰正在文件上振筆疾書。

寫完手邊的一張文件後，他放下筆，將手放到肩膀上，扭了扭脖子。

他的視線無意間看向房門，但並沒有誰會進來的跡象。

就這樣瞧一瞧擺在旁邊的杯子，裡面空空如也。

他吐出一口氣，單手拿著杯子站起身。

他要前往的，是這一年內增設在研究所的廚房。

「瓦爾德克大人，您怎麼了？」
「可以給我一杯茶嗎？」
「明白了。」
見約翰探頭看著廚房，待在裡面的廚師朝他這麼說道。
他告知來意後，廚師一副心領神會的模樣，便接過他的杯子往內側走去。
站在原地等候的約翰，怔怔地看著正在準備茶的廚師背影。
廚房建好後，過了一陣子才會像現在這樣總是備有熱水。
因為聖工作的時候經常會喝茶，所以廚師們特意為她準備好熱水。
熱水是準備中餐和晚餐時一起煮沸的，不需要花多少工夫。
自從廚房備有熱水後，不僅是聖，研究員們也開始常常喝茶了。
約翰也是其中一人。
不止是茶而已。
按聖的期望建好廚房後，一口氣提高了研究員們的飲食品質。
在那之前，也許是離王宮有一段距離，所以有些研究員幾乎沒有在好好用餐。
然而，有了廚房，聖也開始下廚後，這些研究員也會開始用餐了。
儘管移動距離縮短也是原因之一，但最重要的是，聖做的餐點很好吃。

甚至是原本對吃東西沒什麼興趣的約翰，只要聖站在廚房裡，他就會忍不住假借試吃之名，行偷吃之實。

回想起來，氣氛真的是改變了相當多。

他記得研究員們在她來之前好像也會喝茶，但當時研究所沒有廚房，他想不起來大家是怎麼泡茶的。

說起來，有個傢伙是用實驗器具泡茶的……

約翰就這樣思考著研究室過去的事情。

「所長？」

後方傳來聲音，他回頭一看，發現裘德和他一樣也拿了杯子過來。

「所長也是來拿茶的嗎？」

「嗯，對啊。你也是嗎？」

「是的。聖常常在這個時間泡茶，我陪她喝之後，連我也養成習慣了。」

「這樣啊？」

「所長不也是嗎？因為聖每次都會連同所長的份一起泡。」

這麼一說，好像是這樣。

約翰用手抵著下巴，回想起來。

確實如同裘德所言，聖一直以來都會把茶端進所長室。

這時候，約翰說了聲「哦，原來如此」，想通了一件事。

剛才在所長室心生的一股空虛感，大概就是從這裡來的吧。

原來他自己在不知不覺間也受到影響了。約翰不禁苦笑了起來。

看到約翰這樣，裘德露出不解的表情。

「不知道那傢伙現在在做什麼呢？」

「唔嗯，我覺得應該還是老樣子。」

「說得也是。畢竟她去的是那樣的地方，或許在那裡也會做藥水吧。」

「而且還會做一大堆。」

對於約翰偶然提出的問題，他們各自想像著遠在克勞斯納領的聖的模樣。

結果他們想到的，還是跟研究室裡的她差不多，於是兩人都忍不住笑了出來。

克勞斯納領這個地方被稱為藥師的聖地。

她搞不好會比在研究室的時候更起勁地在做藥水。

儘管沒有說出口，但約翰和裘德都想著同一件事。

「可能不止是藥水，連料理都做了呢。」

「哦……應該不會吧？我有告訴過她不能在公開場合下廚就是了……」

「啊，說起來是這樣沒錯。可是，跟她一起去的是第三騎士團耶。」

聽到裘德這麼說，約翰面露發覺不妙的神色。

聖基本上很認真做事，對於約翰的指示也相當順從。

在發現她做的料理具有顯著提昇身體能力的效果時，約翰就指示她不能在公開場合下廚，這個規定她直到如今都乖乖地遵守著。

但是，她會在「非公開的場合」下廚。

比如說，研究所的廚房等等。

聖親手做的料理大部分都是被研究員們吃進肚子裡，但有時候也會分給第三騎士團。

因為第三騎士團嚐到聖做的料理有多美味後，就會來拜託她。

發現料理具有效果的時候，第三騎士團也在場，所以約翰認為事到如今隱瞞起來也沒有意義，便同意讓聖將料理分給他們。

當然，他有嚴正地要求騎士們保密，不得將料理的效果洩漏出去。

這是答應將料理分給他們的條件。

所以已經獲得批准了。

即使地點改變，要是只有第三騎士團的人在場，一經要求，聖還是會下廚的吧。

聖在親近的人面前很好說話，是那種受到拜託就無法拒絕的個性，這一點約翰很清楚。

倒不如說，就算沒有受到拜託，她在做自己那一份時，便會順道把第三騎士團的餐點都做好。

事實上，研究所就是如此。

約翰仰頭望天。

關於聖的能力，王宮下令除了「聖女」的能力以外，其他都不得公開。

聖這一年來展現出的能力中，也包含非常不得了的能力。

那種能力一旦公開，不知究竟會引發什麼樣的騷動。

只要想像一下，就能理解王宮懼怕此舉所引發的事態，因而下令隱瞞聖的力量。

因此，約翰也確實地執行王宮的命令。

不過，在聖的能力中，下廚方面是屬於比較穩妥的。

相較於藥水的效果，帶給周遭的影響很小，應該不需要太過擔心。

畢竟，不單是聖做的料理才有提高身體能力的效果。

只要是具備烹飪技能的人，即使有程度上的差異，還是能做出有附加效果的料理。

說到底，與她分隔兩地的約翰，現在也做不了什麼。

想到這裡，他決定後續的事情就交給和她一起留在當地的摯友。

也可以說是放棄思考了。

「總覺得肚子餓了啊。」
「啊，我也才剛這麼想而已。」
在思考的時候，也許是想起聖做的料理，約翰感覺肚子有一點餓。
旁邊的裘德似乎也一樣。
這時，他們兩人又同時露出苦笑。
兩人都覺得，自己還真是被聖給慣壞了。
恰好在這時候，廚師端著托盤出現了。
「久等了。」
「嗯？這是？」
「我想兩位應該差不多也餓了。」
廚師端著的托盤上，有方便杯子擺在上面的大盤子，以及裝有藥草茶的杯子。
盤子裡除了杯子以外，還有聖以前做過的兩種三明治坐鎮在上面。
其中一邊是用美乃滋拌小黃瓜絲和香草做成的拌料，另一邊則是用美乃滋拌水煮蛋。
聖之前一邊說下午茶就該吃這個，一邊在喝茶的時間做三明治，而廚師就學起來了。
一看到這些三明治，某個人的肚子就微微叫了一聲，令人會心一笑。
「謝謝，來得正是時候。」

「謝謝你。那麼所長，您辛苦了。」

「哦，辛苦了。」

約翰清了清喉嚨，從托盤上拿走盤子後，裘德也跟著取走盤子。

然後他就這樣掉頭回研究室了。

約翰目送他的背影離去後，垂下視線看手上的盤子。

把杯子和三明治同時放在大一點的盤子上，此舉不屬於斯蘭塔尼亞王國的禮儀，這麼做應該是因為比較方便拿著走吧。

聖都是像這樣把自己的輕食裝在同一個盤子裡，所以廚師也學她這麼做。

察覺到受到聖的影響的不止自己而已，約翰在心中暗自苦笑。

儘管她說想要過平凡的生活，卻在許多方面給周遭帶來影響，想必到了克勞斯納領也會做出同樣的事情。

不難想像跟她同行的艾爾柏特，大概會忙於應對這些事。

約翰在走廊上前進，並默默地露出一抹苦笑。看來艾爾柏特有苦頭吃了。

他一邊聲援著那兩人，一邊單手拿著盤子回到所長室。

第四幕　素材

這陣子，我已經習慣克勞斯納領的生活了。

我最近很想做新的料理，想得心發慌。

原因在於供應的餐點。

領主和城堡的廚師們都非常為我們的餐點著想。

雖然早餐擺出來的是斯蘭塔尼亞王國常見的食物，但除此之外的餐點都是聽說在王宮很流行的料理。

沒錯，幾乎每一餐擺在桌上的都是我已經吃慣的料理。

這應該是希望我能在這裡過得很舒適的意思吧。

他們能這麼貼心，我真的非常感激。

只是，有一點小問題。

那就是菜色很少。

這個世界傳遞資訊的方法不多，傳到外地的資訊量也很有限。

關於王宮流行的料理，他們只知道煎烤肉類和煮湯的時候會加入藥草。
城堡的廚師根據這少少的資訊來改良平常的烹調方式，提供以藥草入菜的料理。
他們提供的料理比我下廚時使用的藥草種類更多，許多料理的味道都很有深度。
儘管如此，會做這種改良的只有煎烤的肉類和湯而已。
明明也可以在燉肉或煎烤魚的時候使用藥草，不知為何卻沒這麼做。
也許是怕失敗吧，我並不清楚原因。
然而因為這樣，導致提供的料理全都是煎烤的肉類和湯。
廚師們那麼會運用藥草，我還以為他們也會挑戰改良其他料理。
抱怨人家特地做給我吃的餐點，會讓我感到非常於心不安。
我也知道這樣很沒禮貌。
但是，我有時候也想吃三明治和魚啊。
所以我忍不住希望提供的菜色能再增加一點。
換作是在研究室，我就會毫無顧忌地自己下廚，但這裡不行。
如果要下廚，就必須有下廚的場所。
要使用城堡的廚房，理所當然需要經過領主批准。
雖然也可以在戶外做菜，但比起廚房更耗費工夫。

再說，暫且不談前往討伐的時候，在城堡附近做菜未免也太引人注目，一樣會傳到領主的耳中。

不管哪一種方式，都很有可能會讓他們認為我對餐點感到不滿。

他們明明這麼為我著想，要是讓他們產生這種想法，我會感到非常過意不去。

有沒有地方可以偷偷地做菜呢？

「唔嗯。」

「怎麼啦？」

「不，只是想了一下事情……」

我在騎士團的待命所等雜務人員檢查交付的藥水數量，結果好像不小心就陷入沉思了。

或許是因為我皺著眉，才會讓路過的騎士為我擔心。

既然對方是第三騎士團的騎士，感覺把事情告訴他也沒關係，但我很怕稍有不慎就傳到領主耳中。

該怎麼說才好呢？

當我正在煩惱時，騎士可能也感到好奇，便追問道：

「怎麼了？怎麼了？要是有什麼煩惱，儘管告訴我吧。」

「不是什麼很重要的事情就是了。」

「如果妳不想說也沒關係，但有時候說出來會比較輕鬆哦。」

「真的不是很重要的事情啦。我只是想要下廚轉換一下心情而已。」

「什麼？」

我剛說出「想要下廚」這句話，騎士的眼神就變了。

周遭的騎士們似乎也聽到了，他們全都聚集過來，七嘴八舌地問我是不是要下廚。

其中還有人開始討論起想吃什麼了。

為什麼會變成這樣？

雖然我喜歡做藥水，從來沒有覺得煩膩的時候，不過，通常重複做同一件事都會感到膩吧。

我以為轉換心情是很好的藉口，但沒想到會被追問成這樣。

看到騎士們一反常態的模樣，若要問他們究竟怎麼了，我應該知道原因。

提供給我和提供給騎士團的料理是不一樣的。

我和霍克大人吃的是添加藥草的料理，騎士們吃的則是沒有添加藥草的斯蘭塔尼亞王國的一般料理。

添加藥草的料理成本很高，所以這也是沒辦法的事情。

而且，騎士們平常在王都也是吃沒有添加藥草的一般料理，照理說不會有問題。

只不過，騎士們已經嚐過料理添加藥草後的滋味了。

在王都周邊討伐魔物時，因為我有下廚，所以第三騎士團大部分的人們都知道料理添加藥草後的味道。

再加上只要付錢的話，就算不是研究所的人也可以來餐廳用餐。

實際上，第三騎士團的人們偶爾就會來吃。

然而，自從來到克勞斯納領之後，便沒有機會吃到添加藥草的料理了。

他們說，因為知道這是工作，無可奈何之下只能忍住，我卻在這時候說想要下廚，讓大家都興高采烈了起來。

「你們在吵什麼？」

「啊，團長。」

當我正在聽騎士們的飲食情形時，原本人在二樓的團長就下來了。

似乎是吵到讓他很在意，才會來看看情況。

如同剛才回答騎士的內容，我將自己想要下廚轉換心情的事情告訴團長後，他大概是察覺到大家這麼吵鬧的原因，便露出傷腦筋的笑容。

「原來如此啊。」

「然而，沒有地方可以讓我下廚，所以想下廚也沒辦法。城堡的廚房應該不能外借，蒸餾室倒是還有辦法下廚就是了。」

「蒸餾室可以烹飪食物嗎？」

「那邊有製作藥水的大釜，真要做菜的話應該是可以。不過把大釜拿來做菜一定會挨罵的。」

因為要製作藥水，蒸餾室有一些可以取代鍋子的器具，還有爐灶。

然而，在那裡的都是把藥水視為命根子的人們。

要是用製作藥水的設備來下廚，絕對會挨罵。

最重要的是，柯琳娜女士不可能會同意的。

「如果待命所有小廚房就好了……」

「連煮熱水的設備都沒有嗎？」

「對。每次要泡茶的時候，侍從都要跑到城堡的廚房去取回來。」

「原來是這樣呀。」

就像團長說的，如果待命所有小廚房，我就可以下廚轉換心情了。

但是，就算能做兩三人份的料理，也做不了全部騎士都吃得到的分量。

說到場地更寬闊，並且撇除城堡的廚房的話，我想到的是鎮上餐廳的廚房。

不過，我跟店家不認識，廚房對餐廳而言很重要，不可能會借我用。

駁回這個提案。
說到底，我也沒有想下廚想到要去跟陌生人借場地就是了。
「等到開始討伐魔物後，我就可以下廚了，只好忍耐到那時候了吧。」
「這樣啊，那真可惜。」
「咦？」
「這種事不能說得太大聲，不過我也對餐點有點膩了。菜色都沒有變化，不是嗎？」
我反問回去後，團長就湊到我耳邊小聲答道。
看來在菜色方面，團長和我有同樣的想法。
團長退開後，我抬頭看他，發現他似乎有點難為情地靦腆一笑，我也露出了苦笑。
再怎麼愛吃肉，每天都端出烹調方法相同的肉料理還是會吃膩。
就算使用的肉類和藥草不同也一樣。
「要是至少有穿插一些魚料理就好了。」
「是啊。不過，在提供餐點的人面前提出這種要求也不太好。」
「確實很難以啟齒呢。」
儘管知道團長的想法和我一樣，還是想不到能夠下廚的好地點。
到頭來，還是只能忍耐到出去討伐魔物為止，而由於藥水的交付作業也結束了，我便回到蒸餾室。

◆

上午完成去騎士團交付藥水的工作，下午我就和柯琳娜女士一起前往藥草田。

在藥草田學習完畢後，今天的預定就結束了。

從藥草田回去途中，我在城門通往城堡的路上發現了市場。

雖然比不上王都那邊的規模，但販賣著形形色色的東西，光是走走看看就很有趣。

我已經被召喚來這個世界一年了，不過去王都市場的次數寥寥可數，或許是因為這樣，才會讓我覺得更加有意思。

上午剛跟騎士們聊過料理的事情，於是我的視線不由得就看向了食材。

在我東張西望地看來看去之際，跟我同行的柯琳娜女士就傻眼似的笑了。

「妳還真是老樣子呀，明明就沒有什麼稀奇的東西。」

「說不定真的會有珍奇的東西哦。」

「對妳來說，或許的確會找到稀奇的東西吧。但我可是幾乎每天都在看，全部的東西我都看習慣了。」

如同柯琳娜女士所說，這個市場是本地人天天買東西的地方，不會有太稀奇的東西。

不過，我有發現從未見過的異世界特有食材，還有常見於日本但王都沒有的食材。

實在不容小覷。

「說起來，妳是不是提過自己會做菜？」

「是呀，我之前在王都也有做菜。」

「妳真的是個怪人呢，我一開始聽到還不敢相信。」

聽到柯琳娜女士這麼說，我回以苦笑。

有一天，我無意中說出自己會做菜的事情時，她嚇了好大一跳。

這很正常。

在這個國家，身分高的人很少會下廚。

雖然自己這樣說很難為情，但「聖女」的身分並不低。

不過，我說我在故鄉是平民後，她暫且便理解了。

「妳做的是故鄉的料理嗎？」

「對，但不是所有材料都能弄到手，能做的料理很有限。」

我在王都做的料理，廣義來說是故鄉的味道。

然而，嚴格來說，那並非故鄉的味道。

因為來到這邊之後，我做的料理都是西餐，而不是日式料理。
如果問我會不會想念米飯和味噌湯等日式料理，我當然很想念。
真能做的話，我老早就做了。
想知道我為什麼不做？
原因很簡單。
因為我找不到做日式料理的必備材料。
找遍全世界的話或許會有，不過我至今還沒找到味噌和醬油等調味料，以及乾貨等熬湯的材料。
雖然味噌似乎可以自製，但我只有聽說而已，沒有實際做過，所以不知道作法。
要是這個世界有這些材料就好了，否則我可能這輩子都吃不到了。
想著想著，感覺更想吃了。
還是在這裡打住思緒吧。
太危險了。
「所以有些料理做不出來啊……妳之前談到的藥膳也是其中之一嗎？」
「藥膳的話，確實是找不到食材，不過我也不曉得作法。」
「哎呀，是這樣嗎？」

「是的。我大概懂一點藥膳的概念，至於詳細的理論就不清楚了。」

「這還真是可惜哪。」

柯琳娜女士還記得我之前稍微提過的藥膳。

當時，她和其他藥師一起問了許多關於藥膳的問題。

我只有記得很模糊的知識，要回答他們的問題相當吃力。

甚至現在回想起來，精神還會有點恍惚。

其實是我自己不好，硬要回答完所有的問題。

或許下次遇到不懂的事情時，直接說不知道會比較好。

嗯，下次就這麼辦吧。

我重振精神走在路上的時候，就來到一間販賣穀物的店家前面。

各種穀物裝在麻袋裡，在店門口堆成一座山。

也許是因為斯蘭塔尼亞王國的主食是麵包，堆積的穀物以小麥最多。

而且也不是只有一種小麥，似乎有好幾個品種。

我在日本只看過精製後的成品，而堆積在這裡的都是未精製的小麥。

我一邊心想有好多種類，一邊瀏覽過去時，就聽到店家大叔跟客人說：「這種麥子的殼很硬。」

很硬的殼？

聽到這個特徵，我不禁停下腳步。

「怎麼啦？」

「不好意思，我發現有個食材讓我有點在意。」

「哪個呀？」

「那個麥子。」

柯琳娜女士察覺到我停下腳步便這麼問道，而我則指著大叔正在說明的麥子。

她似乎知道那是什麼麥子，就把名稱告訴我了。

那種麥子和自古栽培於歐洲的古代小麥同名。

「那是這一帶經常使用的麥子種類，怎麼了嗎？」

「我在故鄉的一本書上看過……」

由於柯琳娜女士詢問，我就將古代小麥的事情告訴她。

據說相較於一般小麥，這種古代小麥的可食部分含有較多營養素。

因為受到書名吸引而買下來的書中，就有提到這樣的內容。

甚至書中的登場角色——在歐洲被稱為聖女的人物，都推薦這是最好的小麥。

雖然我沒有看過實物，但古代小麥的特徵之一就是外殼很硬，所以店家大叔那句話才會引起我的注意。

我稍微說明書本裡提到關於小麥的內容後，柯琳娜女士就挑起一邊眉。

食材所含有的營養素讓她很感興趣。

這個世界似乎還不存在營養的概念。

說到這裡，我也順便解釋醫食同源的觀念。

由於只是很淺薄的內容，儘管我沒有記得很清楚，但還是想辦法解釋給她聽了。

所謂的醫食同源，是藉由營養均衡的飲食來預防、治療疾病的思想。

這並不是日本特有的思想，感覺是從藥膳得到靈感後，再以此為基礎建立而成的。

思想本身可以活用在各式各樣的地方。從前我工作繁忙之餘，抽空去上的芳療教室的老師也說過一樣的話。

這個思想認為，正確的飲食才是維持健康的基礎，是最重要的根底。

而正確的飲食，指的應該是攝取均衡營養的飲食方式。

西方也有相同的思想，自古就以修道院為中心進行相關研究。

修道院進行的研究也包含香草在料理上的應用。

研究的目的不止是為了提香，還有考量到健康效果，這些我都曾在書上看過。

「我吃到現在什麼都沒有想過，原來是這麼厲害的小麥呀。」

「好像是這樣的。」

「要是用來製作藥水，說不定會做出有趣的東西呢。」

「咦？用小麥做藥水嗎？」

真的有辦法把小麥做成藥水嗎？

料理的話倒是可以。

提到古代小麥的那本書裡面，有寫出被稱為聖女的人物所想出來的食譜。

我回想食譜上的材料，全都是可以在克勞斯納領找到的東西。

這樣一來，感覺有辦法重現那道料理。

要不要嘗試做做看呢？

「如果是料理，我應該做得出來。」

「使用那種小麥嗎？」

「是的，我之前讀到的書裡有寫出食譜。」

這個世界存在著烹飪技能，擁有技能的人所製作的料理會附帶提高身體能力的效果。

就連用一般材料製作的料理，也具有足以讓吃的人察覺到的效果。

倘若用古代小麥那種據說有益健康的材料來做菜，會怎麼樣呢？

我非常好奇。

而且，倘若成功重現出來，我這陣子很在意的城堡所提供的菜色，一定也會因此而變得更豐富。

這是個好機會。

「雖然不是我之前跟您提到的藥膳，但或許能做出效果類似的料理。」

「哦～」

「我想嘗試做做看，不知道城堡的廚房能不能借我一用？」

聽到藥膳這兩個字，柯琳娜女士的眼眸綻放出光采。

儘管不是正統的藥膳，依然是一種據說有益健康的料理。

柯琳娜女士應該也很有興趣才對。

她滿臉燦笑地接下任務，表示會去請領主批准讓我借用城堡的廚房。

◆

和柯琳娜女士談完古代小麥的事情後，過了兩天。

我進入蒸餾室，她就告訴我已經取得廚房的使用許可了。

雖說不是藥膳料理，但因為可能吃得到類似的料理，所以她迅速地去取得了領主的批准。

聽說柯琳娜女士將事情告訴領主後，他便欣然答應了。

還說很期待吃到王都流行的料理。

城堡的廚師們也都很高興，覺得這是絕佳的學習機會。

但我打算做的料理並不是多高尚的東西，所以有點不好意思。

於是轉眼之間，一切準備就緒，取得許可的日子來臨。

「非常謝謝妳給予我們機會學習王都的料理。」

「不，我才要感謝你們爽快地答應突如其來的要求呢。今天請多多指教。」

「我們才要請妳多多指教。」

「「「請多多指教。」」」

今天是要下廚的日子。

我和柯琳娜女士一起去廚房，臉上帶著親切微笑的廚師們就出來迎接我們。

到掌管廚房的主廚面前打招呼後，他就向我們道謝了。

明明該道謝的是我們才對。

今天要做的料理我在王都也沒有做過，但願能符合大家的期待。

打完招呼後，我立刻繫上圍裙，著手進行烹飪。

料理台上擺著預先請他們準備的材料。

今天要做的是義大利（帕司達）麵。

首先將古代小麥製成的小麥粉、油、雞蛋和鹽混合起來。

遺憾的是沒有橄欖油，於是請他們準備了別種植物油。

我以前曾想過要做手工義大利麵，但到頭來還是沒有做，所以模模糊糊記得作法。

我有告訴大家今天只是實驗而已，因此就算失敗了，大家也會原諒我吧。

嗯……要是失敗，我就做其他料理來補償好了。

我有事先告訴主廚我要做什麼樣的料理。

大概是因為這樣，其他廚師也準備跟我一起做義大利麵。

其實這也是實驗的一部分。

我想知道這次使用古代小麥的話，會不會和其他小麥在效果上有差異。

為了釐清這一點，必須準備兩種義大利麵才行，一種使用古代小麥，另一種使用其他小麥。

而且在得知我要下廚後，表示想吃的人出乎意料地多。

以領主和柯琳娜女士為首，領主的家人和蒸餾室的藥師們都如此要求。

要準備這麼多人份的料理，我一人實在做不來。

於是，我決定請廚師們也跟我一起做。
除了數量以外，請他們幫忙還有另一個原因。
那就是增強五成的魔咒。
我做的料理和藥水一樣有增強五成的魔咒。
所長還因此禁止我在公開場合下廚。
不過，並不是無論如何都不准下廚。
只要不是公開場合就可以了。
實際上，我在研究所就很常下廚。
恐怕是因為太多人知道我的能力會造成問題，所以才下令禁止的吧。
於是，這次我做的份會提供給團長和領主一家。
人數不多，再加上除了團長以外，其他人的運動量都沒有騎士們大，應該不容易察覺到效果上的差異。
當然，也因為這是「我做的料理」。
聽到是「聖女」做的料理，不會覺得很特別嗎？
雖然從自己口中說出「特別」這兩個字實在感覺非常微妙，但地位高的人都喜歡這種特別的東西……

我有向團長確認過，他說這樣沒問題。
話說回來，該說真不愧是專業的嗎？
往旁邊一看，廚師們都動作俐落地捏著麵團。
明明他們應該都只有聽過作法而已，真是厲害啊。
而我的話，動作慢了他們一步以上。
還是別想些有的沒的，專注地做義大利麵吧。
於是，我捏著麵團，等表面變光滑後，就蓋上濕布巾先靜置一段時間。
在靜置麵團時，把要和義大利麵拌在一起的蔬菜切碎。
雖然番茄肉醬也不錯，但難得有這樣的機會，我決定還是用藥草做成羅勒風。
寫在那本書上的食譜似乎是叫做香草風味義大利麵。
把大蒜、洋蔥、羅勒和蒔蘿等材料切成碎末。
洋蔥每次都會刺激到眼睛耶。
切完後時間正好，再次開始製作義大利麵。
把麵團桿成薄薄的麵皮，折疊起來再切成條狀，類似寬麵的麵條就完成了。
其實我喜歡更細一點的麵，但自己做的話，這就是極限了。
雖然可能跟羅勒不太搭，不過就算了吧。

之後把麵煮熟，再和蔬菜一起拌炒，最後加上調味就大功告成了。
「情況怎麼樣？」
「馬上就要好了哦。」
在煮義大利麵時，柯琳娜女士來找我說話。
她站在我旁邊，興味濃厚地窺看鍋子裡面。
由於鍋子很大，所以她踮起腳尖探頭看著，令人不禁會心一笑。
「話說回來，這是叫『帕司達』吧？為什麼要用不同的小麥種類來製作呢？」
「因為我想確認使用的小麥種類會不會在料理的效果上出現差異。」
「料理的效果？」
「是的，擁有料理技能的人下廚的話，料理會附加提高身體能力的效果。」
「是這樣呀？我還是第一次聽到料理有這種效果。」
「王都也是過去這一年才有許多人在討論，會不會是還沒傳到這裡來呢？」
「或許是如此吧，但這種話題跟藥水無關，所以可能單純只是我沒有聽說而已。不過的確很有意思。」
料理的效果在王都已經是廣為人知的事情了，但似乎沒有傳到柯琳娜女士耳中。
在這個沒有電話和電視的世界，傳遞資訊需要耗費不少時間。

雖然這麼說很令人難以置信，不過，我的祖母好像說過她年輕時，都會的流行要經過幾年才會傳到外地。

明明當時已經有電話和電視了。

如果祖母說的是真的，我就能理解為什麼王都的話題還沒傳到克勞斯納領了。

說著說著，義大利麵煮好了，我於是將麵條瀝乾，迅速用事先備好在隔壁的平底鍋炒一炒。

先做好一人份。

這是要讓廚師們先試吃後，再著手準備所有人的份。

為了看麵條煮好後的作業，和站著的柯琳娜女士呈反方向的主廚也一樣站著。

廚師們也在稍遠的地方目不轉睛地盯著我這邊，其實讓我還滿緊張的，不過這也沒辦法。

「這樣就可以了。」

我只有用鹽調味，但淺嚐過後，鹹淡正好適中。

盛裝到盤子上就完成了。

我把盤子放在主廚面前，招呼他吃吃看後，他立刻伸出了手。

看到反應似乎還不錯，我便鬆了口氣，感覺如釋重負。

◆

「這就是聖小姐做的香草風味帕司達。」

隨著管家這句話，盛著義大利麵的盤子一起端了過來。

終於要實際品嚐了。

餐廳裡有領主一家、團長，還有我。

「得知今天能嚐到聖小姐做的料理，我一直感到很期待哦。」

「希望能合您胃口……」

聽到領主夫人充滿期待的話語，我模稜兩可地笑著答道。

味道應該沒問題吧？

就算說是我做的，但最後步驟是主廚完成的。

我負責的部分只有到揉製義大利麵而已。

儘管調味這個重要的部分是主廚做的，卻還是說這是我做的料理，讓我的心情有一點複雜，但也無可奈何。

為了和領主等人一起用餐，我只能把義大利麵的最後步驟交給主廚來完成。

我沒辦法選擇專心做料理，之後再一個人用餐。
儘管姑且是有這麼提議啦。
但遭到管家駁回了。
「請趁熱享用吧。」
我招呼大家開動後，每個人就同時把義大利麵送入口中。
只要含一口，清爽的香草芬芳就在嘴裡擴散開來。
香味起到畫龍點睛的作用，即使只用鹽調味，還是非常好吃。
真不愧是主廚。
餐廳四處傳來稱讚香味的聲音。
當然也有覺得很好吃的聲音。
環視一圈，就看到大家的嘴邊都帶著笑意。
看來也獲得了領主一家的好評，讓我安心了下來。
「這叫做『帕司達』嗎？我聽說是用小麥做成的。」
「是的，沒錯。」
「聽聞這是聖小姐的國家的料理，不過，我曾經吃過很相似的料理。」
「這樣呀？」

「雖然不是在我國吃到的，不過以前出國旅行時到過一個國家，那裡的平民也經常吃這樣的料理。沒記錯的話，他們好像稱之為麵。」

「麵！說不定是相同的料理哦。『帕司達』這個詞也有麵的意思。」

「哦！原來是這樣啊。」

細問之下，領主以前吃到的料理果然就是義大利麵。

和今天做的香草義大利麵不同，那是從上方淋醬汁的義大利麵。

自從被召喚過來後，我從來沒看過麵料理，所以我還以為麵可能不存在這個世界。

然而，看來只是不常見於這個國家，其他國家還是有麵的。

同樣的道理，那些我覺得應該找不到而放棄的食材，說不定也是存在的。

下次問問看經常來研究所的商人吧？

當我一邊這麼思索，一邊與領主談話之際，旁邊就傳來「嗯？」的詫異聲。

我看向發出聲音的方向，發現團長微微皺著眉。

「怎麼了嗎？」

「沒什麼……」

總覺得他說得很含糊。

究竟是發生什麼事了？

團長雖然說自己不挑食，但在料理添加香草這個作法，是我開始下廚之後才有的。
他說不定是不喜歡今天使用的某一種香草的香味。
不對，今天加的都是研究所那邊的料理也用過的香草，所以應該不是這樣。
那麼，還有其他問題嗎？
我仔細觀察著團長的臉色，他就露出傷腦筋似的笑容說：「不要緊的。」
與此同時，領主一家的座位那邊好像有人倒抽了一口氣，大概是我的錯覺吧。
餐會順利結束後的隔天。
我去騎士團的待命所送藥水時，就知道團長昨天面露詫異的原因了。
「HP恢復效果嗎？」
「哦，是這樣沒錯。不過只有一邊有附加效果就是了。」
與領主一家用餐時，背地裡也有請第三騎士團的人們吃吃看義大利麵。
這是為了調查不同的小麥種類會不會在效果上出現差異。
騎士團的人們在王都也協助過調查料理的效果，所以很習慣做這種工作。
由於可以吃到不同的料理，他們也二話不說地答應了這次的調查。
如同在王都進行的調查，請他們吃兩種義大利麵後，結果兩種料理明顯有不同的效果。
用古代小麥做的義大利麵，不僅具有普通小麥做的義大利麵效果，還附加了HP恢復的

功效。

小麥以外的材料都是相同的，所以應該可以說ＨＰ恢復效果是古代小麥的效果。

團長之所以在餐會上變了臉色，就是察覺到這個效果吧。

「ＨＰ恢復效果是瞬間恢復ＨＰ嗎？」

「不，是逐漸恢復的。」

得知可以恢復ＨＰ，我心想說不定料理可以取代藥水，但一問之下，才知道並不是像藥水那樣瞬間恢復。

正如同不依靠藥水和魔法的自然恢復，是慢慢地恢復的。

由於ＨＰ的恢復量比週期固定的自然恢復還要多，他們才會覺得是料理的恢復效果。

在旁邊聽著的另一名騎士似乎認為是其他效果。

他補充似的開口了。

「我還以為一定是自然恢復量增加的效果耶。」

「哦，也有這個可能嗎？」

「若是自然恢復量增加，是按照平常的間隔時間來恢復的嗎？」

「這我沒有注意到，必須進行驗證。」

以自然恢復來說，ＨＰ和ＭＰ會以固定的週期一點一滴地恢復。

吃過料理後，其恢復週期是否和自然恢復相同，這部分還沒有觀察過。
騎士們說著下次必須確認這一點才行，並朝我看了過來。
是在催促再來一次吧？我懂。
這樣的話，又得去借廚房了。
領主會不會批准還是個問題。
「我必須先確認能不能得到使用廚房的許可……」
「這樣啊，畢竟這裡不是王宮嘛。」
「那就沒辦法了。」
我苦笑著這麼說之後，騎士們也放棄了。
香草風味義大利麵似乎比我想像的還要受到好評。
比起沒辦法做調查，大家看起來更遺憾不能吃到第二次。
就在我跟騎士們討論的時候，團長從二樓下來了。
「聖，妳來了啊。」
「是的，我來送藥水的。」
「謝謝妳，那我們就收下了。」
團長這麼說後，附近的一名騎士就抱起擱置在桌上的藥水箱，搬進去裡面。

我把本來的目的忘得一乾二淨，不知不覺就在大廳與大家討論得很熱烈。
本來的目的有兩個。
一個是送藥水，另一個是向團長確認周邊狀況的消息進展。
我原本是打算結束這兩件事再來詢問料理的效果，但在那之前就被騎士們給逮住了。
要去辦公室一定要經過大廳，所以這也沒辦法。
不過，我應該拒絕他們，先去辦公室才對。
畢竟我已經告訴過團長今天會來這裡了。
「很抱歉，我原本要去辦公室的，但不小心就聊昨天的料理聊得太起勁。」
「哦，昨天的……妳昨天做的料理也非常好吃。」
團長勾起唇角，露出一如既往的燦爛笑容。
我以為自己已經習慣了，但要保持直視還是很困難。
為了切換思緒，我決定談一談正經事。
「謝謝稱讚。然後，騎士們剛才把事情告訴我了。」
「關於料理的嗎？我這邊也是從早上開始都在談這件事。」
「原來是這樣呀。您昨天用餐時臉色有變化，也是因為察覺到料理的效果嗎？」
「對，但在那個場合實在不方便說出這件事，我就沒說出口了。」

據團長所說，領主他們似乎沒有察覺到，所以他才會保持沉默。
畢竟沒有出現在話題裡。
雖然在王宮是公開的資訊，但因為不好拿捏可以講明多少詳細的內容，乾脆就閉口不談這件事了。
順著話題，我也跟他談到古代小麥的效果。
由於騎士們從早上開始就在談論這件事，團長也有一定程度的了解。
「現在無法確定是單純的恢復效果，還是自然恢復量增加的效果。要驗證的話，又得去借廚房來用了。」
「這恐怕有難度，城堡的廚房也有原本的工作要忙。」
「就是說呀。效果的內容還是回到王都後再驗證好了。」
「不管是哪一種效果，能讓ＨＰ的恢復速度變快就很值得感激了。」
團長說得沒錯，恢復量對於要去討伐魔物的人們而言很重要。
畢竟攸關到性命。
不過，要帶著義大利麵行動應該很難。
就算做成便當，感覺也不好吃。
既然ＨＰ恢復效果是古代小麥的特性，那做成方便攜帶的料理就可以了吧。

好想確認其他料理會不會也有附加同樣的效果啊。

可是這樣就必須去借廚房來用了……

看來這一點也要等到回王都之後才能驗證了吧。

我這麼思考著，並離開了待命所。

第五幕　聖女的法術

「話說回來，真沒想到這麥子會有那種效果啊。」

柯琳娜女士一邊仔細端詳著放在桌上的古代小麥，一邊佩服似的說道。

做完義大利麵的隔天，我人一到蒸餾室，立刻就被大家團團包圍起來。

柯琳娜女士似乎把古代小麥的事情告訴他們了。

蒸餾室本來就聚集著一群對藥草很感興趣的人。

我早料到會有這樣的發展。

只不過，那時候我還沒從第三騎士團的人們身上得知效果的事情，所以很快就解散了。

當然，大家不會這麼簡單就放過我。

我去騎士團的待命所送藥水，回來後再度被包圍了。

於是我向大家說明調查的結果。

「麥子也有許多不同的種類，這種麥子含有特別豐富的營養素，因而受到關注。」

「就是之前提到的藥膳嗎？」

「嚴格來說並不是，但很類似。」

關注著古代小麥的，是某位在中世紀歐洲被稱為聖女的修女。

我因為喜歡芳療而去書店尋找相關書籍之際，偶然從一本書上得知這位修女的事情。

這位修女認為飲食是維持健康的重要因素。

也許是這個緣故，雖然她是個精通醫學和藥草學的人物，但也在飲食文化上留下一筆豐功偉業。

當時那本書上，就寫到了古代小麥的事情。

「原來是這樣呀，真是令人愈發有興趣了。還有其他受到關注的食材嗎？」

「因為實在太多了，我沒辦法立刻進行說明。」

「那麼，之後妳再慢慢告訴我吧。現在先著眼在這個麥子上。」

雖然有一種被稱為超級食物而受到矚目的食品，但其實我記得不是很清楚。

我在背部流冷汗的情況下搪塞過去，似乎暫且轉移了她的興頭。

柯琳娜女士捏起古代小麥，嘴裡念念有詞，開始思索著什麼。

或許她是在思考之前提過的藥水新配方。

不過，用小麥做藥水……

會做出什麼樣的東西呢？

麥子……飲料……啤酒？

那是大麥吧。

「做得出比上級ＨＰ藥水更強效的藥水嗎？」

「哎呀，聖是想做更強效的ＨＰ藥水嗎？」

「是的。我查過很多資料，但都沒有找到效果比上級更強的藥水配方。」

從追加在料理的效果來看，如果能將古代小麥做成藥水，也許有辦法做出我一直心心念念的超越上級的藥水。

我甚至在想，說不定可以像祕傳配方一樣，在以往的上級ＨＰ藥水中加入古代小麥就好，把事情想得很簡單。

雖然從過去至今查過各種文獻都找不到，但我還是懷抱著小小的期待，覺得柯琳娜女士可能會知道些什麼。

我不經意地詢問柯琳娜女士後，她的回答出乎我的意料。

「以前是有的。」

「咦？以前有嗎？」

「是啊，但現在已經沒了。」

已經沒了？

這個衝擊性的新事實，讓我忍不住睜大了眼。

環視周遭，蒸餾室的人們似乎都知道這件事，沒有人像我一樣感到驚訝。

我再次看向柯琳娜女士，她則招手叫我進去內側的房間。

跟過去後，她從有鎖的附門式書櫃上取出一本書，翻開書頁。

那上面似乎記錄著各種藥水的配方。

「妳看，這就是最上級ＨＰ藥水的配方。」

「這就是……」

「效果強，價格也相對昂貴。使用的藥草本來就不是能夠輕易取得的東西，恐怕要花不少錢。再說，連蒸餾室都沒幾個有辦法製作的人。」

畢竟是被稱為藥師的聖地，克勞斯納領的藥師們等級都很高。

實際上，就算拿王都的藥師來比較，無論是製藥技能的等級還是經驗方面，都與克勞斯納領的藥師相差懸殊。

這番話是這裡的首席藥師柯琳娜女士說的，所以可能會有偏頗之處。

不過，雖然我不曉得王都藥師的程度到哪裡，但跟研究所的人們比起來，蒸餾室的藥師們確實等級較高。

這裡有好幾個人的製藥技能等級都足以製作上級藥水，研究所那邊只有我而已。

儘管如此，若說到製作最上級藥水，現在似乎沒有人具備相應的等級。

明明聚集這麼多優秀的藥師，過去做得出來的最上級藥水卻再也沒辦法製作，這是有其原因的。

那就是採不到藥草材料，無法提高製藥技能的等級。

據說那種藥草原本只能在比克勞斯納領更北邊的地區採到。

不僅如此，在北部地區的生長地點也很有限，必須深入森林才找得到。

儘管是這麼珍貴的藥草，但從某一天開始就可以在克勞斯納領種植了。

「咦？種植嗎？」

「對，『從前』有在種植。」

「『從前』有在種植？」

微妙的說法讓我偏過頭，而柯琳娜女士就把詳細情形告訴我了。

從前克勞斯納領有一名非常優秀的藥師。

那名藥師奠定流傳至今的製藥基礎，被稱為這個國家的製藥之祖。

讓克勞斯納領的藥師們心懷敬意稱其為「藥師大人」的這名人物，該說是不意外嗎？

有句話說某某與天才只有一線之隔，「藥師大人」似乎是個很有名的怪人。

愛講是非的人們都把「藥師大人」叫做藥草狂熱分子。

沒錯。

這名「藥師大人」也是讓克勞斯納領能夠種植各種藥草的人物。

有的藥草在此之前都只能去外頭採野生的，而「藥師大人」開創栽培方法，只為了可以隨心所欲地製作藥水。

如果採不到材料，想辦法讓它採得到不就好了嗎？這句話不確定「藥師大人」有沒有說過就是了。

最上級藥水的藥草材料也是「藥師大人」開創出栽培方法的藥草之一。

當然，就算說開創了栽培方法，也並不是那麼簡單就栽培得起來的東西。

據柯琳娜女士所說，需要許多條件才栽培得起來。

「栽培條件大部分都是隱藏起來的。雖然我不是很清楚，但恐怕是缺乏了某種條件吧。後來最上級藥水所使用的藥草就長不起來了。」

「條件是隱藏的嗎？」

「對，只有極少數人才知道所有的條件。」

說到這裡，柯琳娜女士又從書櫃上取出一本書，然後遞給我。

她並未翻開就直接遞過來，我的視線在這本書的封面和她的臉龐之間來回移動。

她用下巴比了比，示意我打開看看，於是我快速地翻了幾頁……

我忍不住皺起眉來，這應該是很理所當然的反應。
因為記述在上面的，就是剛才她說過「隱藏起來」的內容。
「那個……這些內容給我看沒關係嗎？」
「我是這裡的負責人，既然我都允許了，還會有什麼問題？」
是這樣子的嗎？
儘管我感到疑惑，但還是翻頁尋找我要查的藥草寫在哪裡。
沒多久就找到了那一頁，當我正在閱讀的時候，站在旁邊的柯琳娜女士就默默嘀咕了一句。
「這算是機密事項，不可外傳。不過，就算知道條件也無可奈何就是了。」
柯琳娜女士這句話的意思，我直到稍微閱讀過內容後才聽懂。

◆

柯琳娜女士遞給我的書上，記載著各種藥草的栽培方法。
我在找的最上級ＨＰ藥水所使用的藥草也不例外。
其中的栽培條件處，除了光、水量、溫度和整土所需的肥料之外，還有個不常見的詞彙刊載其中。

「……祝福？」

祝福這個詞通常不會在植物的栽培條件上看到吧。

根據詞彙的印象，我腦海中浮現出某個人在藥草田前祈禱的模樣。

這是哪裡的宗教嗎？

與此同時，我對這種情景心裡非常有底，心臟猛地跳了一下。

噢，不會吧。

我戰戰兢兢地看向身旁的柯琳娜女士，便與她對上了視線。

「妳知道這是什麼意思嗎？」

「不……我並不清楚。」

我沒有說謊。

就算心裡有底，我也不知道那是不是正解。

更何況一開始寫下栽培條件的是「藥師大人」，並不是「聖女」。

既然如此，聽到祝福這個詞彙，我想到的東西很有可能會和對方有出入。

雖然我是這麼想的，但總有股強烈的感覺在告訴我一開始想到的東西是正確。

「是這樣啊，那真遺憾呢，不過也無妨。手上光只有材料，技能等級不夠也是做不成的。」

「就是說呀。」

「說起來，我還沒問過妳呢。妳的製藥等級現在多少了？」

柯琳娜女士這麼說道。她看起來並沒有感到多遺憾，與說出來的話相違背。

這句話截斷了在我腦中不斷繞圈的思緒。

如同柯琳娜女士所說，就算得到藥草了，如果製藥技能等級不夠，也做不出最上級ＨＰ藥水。

我打開狀態資訊以回答她的問題。

小鳥遊　聖　　Lv.56／聖女
HP：5,003／5,003
MP：6,173／6,173
戰鬥技能：
聖屬性魔法：Lv.∞
生產技能：
製藥　　　：Lv.32
烹飪　　　：Lv.15

比以前看到的時候更高了……

做上級ＨＰ藥水已經升不了級，我還以為等級應該不會再成長了。

這要多虧我是用柯琳娜女士教的祕傳配方來做上級ＨＰ藥水嗎？

如果是這樣，我會很開心。

因為這表示就算沒有最上級ＨＰ藥水，我還是可以繼續升級。

「現在是32級哦。」

「妳說什麼？」

我難掩喜悅地這麼答道，結果柯琳娜女士就蹙眉看著我。

她的眼神太銳利，我不禁退後了一步。

「怎麼了嗎？」

「妳的等級比我想像中的還要高哪。」

「是這樣嗎？」

「對啊，都比我高了。」

咦？是嗎？

當我還在吃驚時，只見她換上了傻眼的表情。

「每天做那麼大量藥水，就會達到這種等級嗎？」

「呃……抱歉。」

我招架不住柯琳娜女士的傻眼視線，不由得就道歉了。

雖然藥水的製作量嚇到了蒸餾室的藥師們，但柯琳娜女士什麼都沒說，我就沒特別放在心上。

不過，看來還是太多了。

因為這陣子不止是傭兵團，騎士團的份我也有在做。

我是不是該稍微克制一點？

「這個等級就可以做最上級ＨＰ藥水了。剩下的問題只有材料了吧。」

「是的……」

柯琳娜女士用手抵著下巴，開始思索著什麼。

我用眼角餘光看著她，腦中也在思考最上級ＨＰ藥水的事情。

等級足以做最上級ＨＰ藥水並沒有讓我感到很驚訝。

因為我已經料想到了。

從每10級就能做更高一階的藥水來看，超過30級的話應該就可以做了。

之後只要湊到材料，我就又可以開始練等級了。

問題在於材料。

現在不容易弄到手，沒辦法立刻準備。
由於條件不齊全，也不能種植。
唔嗯……
該把心裡有底的那件事告訴柯琳娜女士嗎？
我還在煩惱時，便見柯琳娜女士有了動作。
她走到放在房間一角的對開式櫥櫃，把櫃門打開。
與我預料的相反，裡面還有一道金屬門。
我原本在想金屬製的櫥櫃真少見，不過那似乎是保險箱。
她看起來是把保險箱的鑰匙掛在脖子上，從衣服下面掏了出來。
然後，從保險箱裡出現的是一本非常老舊的書。
厚度比不上記載著藥水配方和藥草栽培方法的書籍。
那是什麼書呢？
我目不轉睛地注視著，而柯琳娜女士就把那本書遞給我了。
接過書後，我輕輕翻開封面。
儘管封面乾淨完整，內頁卻從邊緣開始變色，可以感受到歲月的痕跡。
我謹慎地翻頁閱讀，發現這好像是某個人的日記。

「這是日記嗎？」

「沒錯。不過，這是很貴重的文獻。」

文獻？

我大致瀏覽一遍，感覺只是普通的日記，這是怎麼一回事？

「那真的是很貴重的東西哦。只能一個人在這個房間看。」

「只能一個人嗎？」

「對。那本書是機密中的機密，不能給其他人看到。」

如此重大的機密給我看沒問題嗎？雖然很想這麼問，但柯琳娜女士的回答一定會跟剛才一樣吧。

她用眼神催促我看下去，於是我的視線再次落在日記上。

為了仔細地閱讀，我把日記放在房內的桌子上，然後在椅子上坐下。

讀了一下子後，我不由得便想到寫這本日記的是誰了。

寫下這本日記的，應該是「藥師大人」。

正如同一般的日記，上面寫著日常的大小事情。

這些事情當中，也有提到與栽培藥草有關的試驗過程。

「寫在這裡的是……」

我說到一半打住，然後看向坐在隔壁的柯琳娜女士，她則靜靜地點了點頭。

看來我的推測是正確的。

剛才那本栽培方法的書上沒有提到的試驗過程，全都連同「藥師大人」當時的心境一起寫在這裡。

雖然通往成功的路途並不平坦，但「藥師大人」似乎連其中的迂迴曲折都很享受。

不過，日記中不是只有藥草，還敘述著對克勞斯納領及領民的愛。

在閱讀日記的途中，我便明白了一件事，那就是克勞斯納領本來沒有特產品。

如同斯蘭塔尼亞王國的大半領地，主要種植的只有小麥。

某一年小麥嚴重歉收，不止是克勞斯納領，整個斯蘭塔尼亞王國都發生大規模的饑荒，甚至還有人餓死。

看到飢餓的領民，身為「領主女兒」的「藥師大人」感到非常心痛。

她尋思能否種植小麥以外的農作物來取代稅金上繳給國家，於是便開始栽培藥草。

當然，後來被稱為「藥師大人」的她，在選定農作物時，興趣一定占了很大的因素。

但是，從日記可以看出領民才是她行動的出發點。

每當成功栽培出各種藥草時，她就會因為對領民挨餓的擔憂又減少一些而感到開心。

繼續翻頁後，關於某種藥草的記述便接連不斷地出現。

栽培的情況看起來很不順利，比至今培育起來的藥草都還要窒礙難行。

那種藥草似乎相當重要，沒辦法先擱置在一旁轉去培育其他藥草。

從記述來看，也想像得到「藥師大人」焦急的模樣。

由於都是差不多的內容，我就大略地瀏覽過去，接著便看到「藥師大人」大聲稱快的部分。

看來她發現了最後的條件。

我稍微往前翻回幾頁，便知道了那個條件。

那就是祝福。

不僅如此。

還有一個我無法忽略的記述。

「金色的魔力……」

啊，果然。

當我在發愣時，柯琳娜女士朝我出聲了。

「妳知道是指什麼嗎？」

對，非常清楚。

◆

發現衝擊性的事實後，過了幾天。

我一直在翻閱「藥師大人」的日記。

今天也從早上開始就窩在蒸餾室的內側房間裡。

我並不是對於看別人的日記無一絲抗拒。

但是，顧不上那麼多了……

這全都是為了能夠使用「聖女」的法術。

我就這樣一邊為自己找藉口，一邊閱讀。

從日記上的描述來看，祝福和「聖女」的法術是一樣的。

一如所料。

而且從使用金色的魔力來看，我覺得「藥師大人」應該也是「聖女」。

我向柯琳娜女士確認後，她表示我的推測是正確的。

不過，祝福是「聖女」的法術並不為人所知。

若要問為什麼？因為這正是機密情報。

祝福的詳細內容只會傳給克勞斯納領的每一任領主以及蒸餾室的負責人。

日記之所以是絕密資料也是這個緣故。

我擔心自己看了這種資料可能會惹領主生氣，但只是杞人憂天而已。

因為已經事先取得了領主的同意。

聽到這樣我就放心了。

仔細想想，就算柯琳娜女士是蒸餾室的負責人，也不可能未經領主同意就讓外人看領內的絕密資料。

了解祝福是什麼後，就能直接進入下一個階段，但在這裡又遇到了一個問題。

那就是「聖女」法術的發動條件還沒弄清楚。

為了解決這個問題，我這幾天一直在閱讀「藥師大人」的日記。

想要從中找到一些線索。

不過，沒什麼進展。

我找不到符合期待的特別記述。

看完手上的日記後，我就這樣坐在椅子上伸懶腰。

雖然字跡很美，但也許是長時間閱讀手寫文字，讓我的眼睛很累。

我用雙手按摩左右的眼頭。

往窗戶看過去，只見陽光射進房間深處。

從太陽的高度來看，現在大概是下午三點左右吧。
說起來，不久前好像有聽到報時的鐘聲。
從早上就一直在閱讀，出去轉換一下心情好了。
心動不如馬上行動，於是我從椅子上站起身。
「哎呀？妳要出去嗎？」
「我想說出去轉換一下心情。」
「這樣或許也不錯哦。」
我從內側的房間出來後，柯琳娜女士就朝我出聲了。
我回應她之後，她回以苦笑。
看來我臉上應該帶著異常疲憊的表情。
她還打氣似的拍了拍我的背。
離開蒸餾室後，我前往城堡的後面。
那裡有一小片藥草田，作為藥草栽培的實驗之用。
雖然並沒有像蒸餾室那樣充滿藥草的味道，但走到旁邊總會有一股療癒的感覺，所以很適合去那裡轉換心情。
抵達藥草田後，我嘆了一口氣。

我在田地旁邊蹲下，把下巴靠在雙手上面，用這個姿勢怔怔地望著景色。

由於視角很低，只看得到偶爾隨風搖曳的藥草。

腦袋稍微放空一陣子後，就是黃昏了。

話說回來，調查比想像中還要來得困難重重。

藥草栽培的試驗寫得相當詳盡。

因此，我原本還期待寫到祝福時會提及發動條件，但隻字未提。

寫在上面的全是其他栽培條件和領民的事情。

唔嗯……

或許我有看漏的地方也說不定。

想到這裡，我一邊望著藥草，一邊回想日記的內容。

撇除藥草栽培，第二多的內容就是領民的事情。

之後就是一些日常生活的瑣碎內容。

說起來，上面有提到幾個人的名字呢。

出現特別多次的是一個男性的名字。

從敘述的感覺來看，應該是弟弟吧？

唯獨這個人的相關記述比其他人還要多，所以我格外印象深刻。

對了對了，第一次使用祝福的時候也是為了弟弟呢。
她本來是為了治療領地的流行病，才試圖栽培藥草。
雖然這個疾病的惡化速度很慢，但若沒有治療，病人就會漸漸虛弱而死。
在藥草栽培不順利的期間，領民也接二連三地病倒，最後連弟弟也病倒了。
因此她非常焦急。
那種藥草很難取得，在不知道出去尋找比較快，還是培育起來比較快的情況下，她將賭注押在栽培上。
結果她贏了。
把培育起來的藥草做成藥水後，弟弟和領民都平安地康復了。
弟弟的症狀穩定下來的那一天，文字被某種東西打濕，暈染開來。
「唔……太神祕了。」
儘管回想了一下，但在我記得的範圍內沒有值得在意的部分。
既然如此，我不記得的部分會有線索嗎？
我並不是整本日記的內容都背得滾瓜爛熟，所以也是有這個可能。
不過，會不會只是一些不會停留在記憶裡的瑣碎小事呢？
想來想去也想不出答案，而且腳也發麻了，所以我便站起來。

然後就這樣抬起手伸展腰部。

也許是一直在閱讀日記的緣故，背部傳來骨頭發出的聲響。

雖然不太確定有沒有轉換到心情，但已經過了滿長一段時間，差不多該回去了。

我掉頭往蒸餾室前進，結果就聽到喧囂的人聲。

我循著聲音看過去，只見傭兵團的人們往城堡過來了。

他們看起來跟平常不太一樣，我凝神細看，發現他們動作有點匆忙。

我在圍起來的人牆中看到認識的身影，便走了過去。

隨著走近他們，我就知道為什麼會有那種氛圍了。

他們好像去討伐過魔物，可以看到零零星星的傷患。

也有人必須借助其他人的肩膀才能走路。

「沒事吧？」

「哦？是小姑娘啊。」

我奔向萊昂先生，他的臉上就從凝重的表情瞬間轉為笑容。

大部分的傭兵們都用「這傢伙是誰啊？」的眼神看我，但有幾個人看到我之後，紛紛和緩了表情。

那些都是來過蒸餾室取藥水的人，所以我們認得彼此。

大概是旁邊的人在問，有人正在說明我的身分，從那邊傳來了蒸餾室這個詞彙。

「你們是討伐完魔物回來的嗎？」

「是啊，森林外圍附近跑出平常不會出現的魔物，剛剛才去討伐回來而已。一堆生猛的魔物，真是吃不消啊。」

「辛苦你們了。所以傷患很多嗎？」

「是啊，不過跟平常比起來，活蹦亂跳的人算多了啦。這都多虧了小姑娘妳做的藥水呢。」

聽著萊昂先生和我交談的人們，在這時候叫嚷了起來。

「原來那個藥水是小姐妳做的啊！」

「托妳的福我才能得救呢。」

「沒有那個的話，我現在早就死啦。」

「給你喝的那個藥水，效力很驚人對吧？」

看來增強五成的魔咒依然起到了很好的作用。

以萊昂先生的一句話為開端，傭兵們把我包圍起來，還紛紛向我道謝。

儘管我已經習慣第三騎士團的騎士們了，但被比他們更厚的肌肉給圍住，還是讓我覺得壓力有點大。

我的嘴角好像在隱隱抽搐，這是因為壓力的緣故，希望大家可以睜一隻眼閉一隻眼。

「你們接下來要去城堡治療嗎？」

「是啊，雖說藥水比平常還要好用，但有些人還是必須治療一下。」

「那麼，我去蒸餾室拿新的藥水過來。」

「不用了，不需要用到藥水。這點程度用繃帶包紮起來就夠了。」

「可是有的人傷勢滿嚴重的……」

「啊……說得也是。該怎麼辦呢……」

雖然萊昂先生拒絕拿新的藥水，說是沒必要用，但傭兵們裡面也有人是沒辦法一個人走路的。

我又問了一次那些人是否也不需要，他就支支吾吾了起來。

他一臉傷腦筋地搔了搔頭。

與其等待自然癒合，用藥水一下子就能治好，更有效率。

身為專業人士的萊昂先生他們應該明白這一點。

但他之所以推辭不要藥水，可能是在掛心藥草有點短缺的問題吧？

說不定還有規定一天能使用的藥水量。

因為批售給傭兵團的藥水數量都是固定的。

唔……既然如此，乾脆我在這裡用恢復魔法快速地治一治吧？

萊昂先生他們不僅要巡邏，每天好像還要跟魔物戰鬥，在身體狀況絕佳的情況下去工作比較好。

有人會問：難道城堡沒有會使用恢復魔法的人嗎？

還真的沒有。

起初得知這件事時，我感到很不可思議，心想「這裡不是領都嗎？」但似乎外地都是如此。

會使用魔法的人很少，而且其中能使用恢復魔法的人更少，所以會魔法的人幾乎都去王都了。

沒錯，就是去宮廷魔導師團。

因為比起在外地的城堡工作，宮廷魔導師團給的薪水更豐厚。將這件事告訴我的人是這麼說的。

「那個，如果不介意，讓我來治療吧？」

「嗯？妳說藥水的話……」

「呃，不是藥水，是用魔法。」

「啊？」

如我所料，包含萊昂先生在內，旁邊的傭兵們都一臉震驚地僵在原地。

應該是沒想到這麼剛好，身邊就有會使用恢復魔法的人吧。

「小姑娘妳不是藥師嗎？」

「呃……」

萊昂先生恢復過來後，用詫異的表情這麼問道。這該怎麼回答才好呢？

我是藥用植物研究所的研究員，但也具備製藥技能，姑且可以說是藥師吧？

「我是藥師。」

「「「…………」」」

總覺得他們都在用「這傢伙在說什麼？」的眼神看我，但我不會在意的。

一旦在意就輸了。

看開後，我便問：「要讓我治療嗎？」而萊昂先生像是放棄了思考，答道：「拜託妳了。」

順利獲得許可後，我向附近的人施展「治癒」。

雖然有的人傷勢很嚴重，但並沒有那種攸關性命的傷勢，所以不分優先順序應該也沒關係。

與其說用魔法治療很少見，不如說很多人都是初次見到，所有目睹「治癒」效果的人，雙眼頓時都發亮了起來。

其實這樣的人數用具有範圍效果的「範圍治癒」比較省事，但我這次低調一點，只用「治癒」進行恢復。

名稱裡有「範圍」的魔法，所要求的技能等級也很高。

光是會使用恢復魔法就是稀有動物了，要是還被發現等級很高，我有一股各方面都會變得很麻煩的預感。

因此，就算很麻煩，我還是不會使用「範圍治癒」的。

我的這份決心被萊昂先生的一句話給摧毀了。

「妳的技術也很好嘛。」

「有嗎？」

「嗯，我之前看過宮廷魔導師進行治療的模樣，小姑娘妳看起來比較厲害。」

「謝、謝謝誇獎。」

「妳這麼優秀的話，搞不好等一下就會被騎士團叫過去了。」

「咦？」

「因為那邊的損傷也滿嚴重的。」

騎士團也有受到損傷？

是指第三騎士團嗎？

「是啊，回來的時候是跟他們一起的，他們那邊的損傷更大。」

「他們好像走得比我們更裡面，應該是這個緣故吧。」

「裡面現在魔物太多了，簡直一團混亂。必須做好足夠的準備才能進去。」

「那個，騎士團是指王都過來的騎士團嗎？」

「嗯，沒錯。」

傭兵的肯定讓我的背脊瞬間凍結。

腦海裡浮現出平常的騎士們，接著是團長的笑容。

然後，曾幾何時見過的光景浮現出來。

「喂！」

「『範圍治癒』。」

萊昂先生看到我的魔力急速高漲，吃驚地喊了一聲，但這時候的我根本聽不進去。

詠唱完將在場所有傭兵都納入範圍裡的「範圍治癒」後，我不理會背後傳來的呼喊聲，往騎士團的待命所奔了過去。

在城堡內，我一邊用眼角餘光看到侍女露出驚嚇的表情，一邊往前方的騎士團待命所衝刺。

上次像這樣全力奔跑是什麼時候的事了呢？

我覺得自己比在原本的世界時跑得更快了。

現在的話，搞不好還可以參加奧運。

想著這種事情的同時，我也拚命地驅動雙腳。

我自己也知道現在不是想其他事情的時候，但不這麼做的話，我會陷入焦慮的情緒之中。

我想起剛才傭兵們所說的話。

他們說騎士團那邊的損傷比較大，究竟是多嚴重的損傷呢？

我在王都參加過討伐，也有看到騎士們當時受傷的情況。

如果和當時的損傷差不多，那倒還不打緊。

同行的宮廷魔導師團的人們也能完全治好。

但是，既然受到的損傷比傭兵團更嚴重，傷患應該會比平常還多。

畢竟按平常的話，傷患都比剛才的傭兵團還要少。

他不會有事吧？

突然浮上心頭的想法，讓我緊緊抿住嘴唇。

什麼狀態都無所謂，只要他活著就好。

這樣的話，我就會全力治好他。
立下新的決心後，我便前往騎士團的待命所。
看得到待命所的同時，我也看見騎士們一個接一個地回來。
傷患果然很多。
借助別人肩膀走路的人也比傭兵團還多。
我不禁皺起了眉。
待命所的入口擠滿了傷患。
「聖——！」
我走到旁邊後，其中一人察覺到我在這裡，便揚起聲音叫道。
他的聲音讓周遭的騎士們也看向我這邊。
每個人都從疲憊的表情轉為放心的模樣。
「沒事吧？」
「嗯，就像妳看到的，不過沒人死亡。」
聽到他這麼說，我也鬆了口氣。
「裡面在進行治療……」
「我來幫忙！」

「抱歉，還好有妳幫忙。」

我打斷騎士的聲音這麼表示之後，他便帶著歉意向我道謝了。

不不不。

雖然我對藥師的聖地有興趣，但畢竟是跟著來討伐魔物的。

參與治療工作是很理所當然的事情。

並不需要他帶著歉意來拜託我。

因此，我回了騎士一個笑容。

儘管入口擁擠，但察覺到我要經過的人們都接二連三地讓路給我。

進入大廳後，裡面的擁擠程度也不輸給入口。

在大廳的內側，宮廷魔導師們坐在椅子上，傷患在他們面前排隊。

看樣子是在治療輕度傷患。

左右兩側，有的重度傷患沿著牆坐在地上，有的則躺著。

其他魔導師在他們之間走動，按順序施展恢復魔法。

那麼，團長在哪呢？

不管我要做什麼，一開始最好還是先確認情況，再商量要怎麼行動。

想到這裡，我環視周遭，並沒有看到熟悉的金髮。

他還沒回來嗎？

還是說……

看不到他的身影，也擴大了我胸中的窒悶感。

不，剛才的騎士不是說過了嗎？

沒有人死亡。

我搖搖頭，把討厭的想法甩掉。

當我四處張望尋找團長時，偶然對上視線的騎士就朝我招了招手。

仔細一看，那裡形成了人牆。

或許團長就在那裡面。

我快步走過去，從人牆縫隙看到團長坐在椅子上。

這是怎麼回事？

總覺得他看起來筋疲力盡，始終低垂著頭，看不清楚他的表情。

「霍克大……」

我正要出聲喊他時，整個人就僵住了。

有個像僕從的人正用白布貼著團長的頭。

隱約可見暗淡的紅色滲出了白布。

他的頭受傷了嗎？

……頭？

我臉上血色盡失。

頭部的傷很不妙。

必須盡快治療才行！

冒出這個念頭的瞬間，一股熟悉的感覺從胸部周圍滲出。

「這是！」

「聖！」

咦？為什麼？

儘管我不明所以而感到慌亂，但從我體內漫出去的魔力沒有停止。

白色與金色的魔力輕柔地在周圍飄浮，逐漸盈滿大廳。

騎士們察覺魔力在四周飄浮後，也騷動了起來。

哎，該怎麼辦？

不，總之……

我暫且中斷快要混亂起來的思緒，回想一開始的目的。

沒錯，是治療。

必須治療才行。
這麼一想的瞬間，法術發動了，充滿於大廳的魔力產生反應。
比以往還強烈的光芒溢出，把視野染成一片白。
接著，光芒止息後，和期待中的一樣，大廳的傷患們都痊癒了。
視野恢復後發出的巨大歡呼聲，就體現出了這一點。
「聖？」
「啊……霍克大人，您沒事吧？」
「嗯，我沒有受到太嚴重的傷。」
「什麼沒有太嚴重的傷……頭部原本不是還受傷了嗎？」
「不要緊，只是血導致傷口看起來很嚴重而已。」
突然間發動法術讓我愣在了原地，但團長叫了我一聲後，我便猛然回過神。
當然，剛才的法術也治好了團長的傷勢。
僕從的手已經從團長頭上收了回來，不過已經沒有在流血了。
這讓我鬆了一口氣。
「對了，剛才的法術難道是……」
「是的……」

不用全說出來我也知道。
應該是要問剛才的法術是不是「聖女」的法術吧。
團長說到一半，我就點了點頭。
話說回來，為什麼「聖女」的法術會在剛才那個時間點發動呢？
那跟使用恢復魔法時不一樣，並不是我主動讓魔力擴散至體外。
應該是有什麼決定性因素吧……
思考了許多後，我突然想起「藥師大人」的日記裡曾提到一件事。
沒記錯的話，「藥師大人」發動「聖女」的法術時，好像是弟弟的病狀惡化，因而感到很焦急。
焦急是決定性因素？
要說跟這次的狀況一樣的話，或許也沒錯。
因為我看到團長受傷之際，就驚慌失措了起來。
不止是這次，上次在西邊森林發動法術的時候也是。
但是，跟之前在研究所的狀況有點不同。
那時候，我確實也是因為遲遲找不到提高藥水效果的方法而感到焦急。
然而，倘若那種程度的焦急就能發動法術，在宮廷魔導師團的演習場也會成功發動才

對。

站在我旁邊的師團長所給予的壓力也不是蓋的。

我當時應該已經夠焦急了。

但還是沒有發動。

如果不是焦急，究竟是什麼……

「……聖。聖？」

聽到呼喚聲，我忽地回過神。

看來我不小心沉思起來了。

大概是因為叫了我好幾次都沒反應，我和團長對上視線，就看到他一臉擔心的模樣。

「抱歉，我稍微想了一下事情。」

「這樣啊。是關於『聖女』的法術嗎？」

「對，我在思考發動的原因……」

「唔嗯……」

聽到我這麼說，團長用手抵著下巴，思索了起來。

周遭的騎士們似乎也有在聽，於是大家一起集思廣益。

他們能夠像這樣幫忙一起想，讓我非常感激。

畢竟有時候聽聽其他人的意見，也會產生新的想法。

和大家一起東想西想互相提供意見，總覺得很有夥伴的感覺。

夥伴……夥伴啊……

回想起來，在研究所初次發動「聖女」的法術時，我也正在思考研究所和第三騎士團這些人們的事情。

難道說，思考夥伴的事情才是決定性因素嗎？

唔……以決定性因素而言，好像有點薄弱？

可是，我感覺已經很接近了。

記得研究所那時候……

我盡力回想第一次發動法術時所想過的事情，並依循記憶去思考，結果就在某個地方出現了變化。

胸口有股隱隱的騷動。

我一瞬間感到吃驚，停下思緒後，那股騷動也平息了。

我忍不住皺起眉頭。

「聖，怎麼了？」

「啊……不，沒什麼。」

團長看到我的表情，便出聲關心，但我沒辦法老實告訴他。
嗚……
就算這麼看著我，我也說不出口。
因為……因為……
一想到團長，法術就發動了，這種話你要我怎麼說出口啊？
太羞恥了，我做不到！絕對做不到！

幕後

微陰的天空下，照進室內的光線很少，儘管還不是日落時分，室內還是很暗。

四周瀰漫著有些沉重的氣氛，只有振筆疾書的聲音傳開。

這間克勞斯納領的領主辦公室響起了敲門聲。

侍從走到門邊詢問來者身分，對方答：「我是柯琳娜。」

聽到這個聲音，身為領主的丹尼爾點了點頭，隨從見狀，便打開了門。

「打擾了。」

柯琳娜走進室內，簡短地打了聲招呼。

她行一禮後，看著丹尼爾，他便示意她到辦公桌前的迎賓沙發上坐下。

或許是因為他的工作也正好告一段落。

丹尼爾放下筆，從辦公桌移動到迎賓沙發上。

他們就這樣不發一語地面對面坐著。

過了一會兒，侍從端著茶組走過來。

裝著紅茶的茶杯分別擺在丹尼爾和柯琳娜的面前後，丹尼爾就遣退了侍從。

柯琳娜來訪辦公室的時候，偶爾會讓其他人迴避，因此侍從沒有說什麼便退下了。侍從以外的人們也一樣。

等他們離開，辦公室只剩下兩人後，柯琳娜這才開口。

「今天，我將『藥師大人』的日記交給『聖女』大人了。」

「這樣啊。那麼，有什麼進展嗎？」

「沒有。只不過，雖然她沒有說出口，但看起來像是有頭緒。」

聽到柯琳娜的報告，丹尼爾用手抵著下巴，思忖起來。

應該是因為沒有期待中的進展，正在思考接下來要如何行動。

看到丹尼爾皺著眉頭，用凝重的表情思索的模樣，柯琳娜便這麼想道。

於是，她靜靜地等待丹尼爾再次開口。

她給聖看的「藥師大人」的日記中，寫著克勞斯納領最機密的事情。

只要讀過日記，就會知道「聖女」的能力除了對付魔物外，還有其他用處。

過去為了保護「聖女」，有一任國王下旨銷毀所有相關紀錄，避免那種非比尋常的能力傳給後世。

「藥師大人」生活的時代，還沒有下這道旨。

記載著「聖女」能力的「藥師大人」的日記，本來是必須銷毀的

然而，當時的領主將日記藏匿起來，才會留存至今。

當然，遵循旨意而銷毀的紀錄也非常多。

但是，對於以藥草栽培為主要產業的克勞斯納領而言，「藥師大人」的日記是不惜抗旨也要保存下來的資料。

因為上面有提到栽培特定藥草所需要的祝福是什麼。

除了祝福以外，日記上也記載著直到開創藥草栽培為止的各種手法，在制定新的藥草栽培條件時，這些紀錄很有幫助。

當時的領主決定為後世留下這本日記。

相較於其他寫得條理分明的資料，日記也不易被看出上面記載的是「聖女」的能力，加深了領主這麼做的決心。

即使這樣，要是公開，某些地方可能會暴露出抗旨的事情。

因此，這本日記的存在只會傳給歷任領主，以及帶領藥師的蒸餾室負責人。

聖連克勞斯納領的居民都不是，卻還是讓她閱讀如此重要的日記，當然有其考慮。

而且還非常重要。

「妳說她有頭緒，是指這代的『聖女』大人也能夠對田地施予祝福嗎？」

「很抱歉，這部分就不清楚了。」

「那麼，要復活田地還是很困難嗎……」

聽到柯琳娜的回答，丹尼爾雙手抱胸，更加攏緊了眉頭。

事實上，造成克勞斯納領藥草歉收有兩個原因。

由於魔物增加，導致沒辦法進入森林採集藥草，森林附近的田地收穫也不理想。

另一個原因，則是受過祝福的田地的藥草收穫量減少。

受過祝福的田地所培育的藥草分為兩種。

一種是必須有祝福才能栽培的藥草，另一種是有祝福比較容易栽培的藥草。

其中，在有祝福比較容易栽培的藥草裡面，有中級ＨＰ藥水等常用藥水的藥草材料。

至今都栽培得很順利的藥草，能夠收穫的數量從幾年前開始逐漸減少，到了最近只有全盛時期的六成左右。

至於必須有祝福才能栽培的藥草，現在已經不能在田地栽培，都是去森林採集。

自從「藥師大人」對這些田地施予祝福以來，雖然一次也沒有追加施予祝福，但一直都保持著效果。

在那之後，經過幾次瘴氣增加的時代也依然如此。

結果時至今日，演變成效果慢慢減退的狀況。

一開始田地收穫量減少時，柯琳娜等人也進行過各種調查，覺得原因可能出在其他地方。

但是，無論怎麼調查，還是找不到祝福以外的主因。

在進行調查的期間，瘴氣也愈來愈濃，但能夠驅除瘴氣的「聖女」沒有下落。

然後，在王宮終於決定要舉行「聖女召喚儀式」之際，丹尼爾和柯琳娜都想到應該是祝福的效果沒了。

丹尼爾感到頭疼。

代代相傳的「藥師大人」與受過祝福的田地的內容，讓他一直認為祝福是只有「藥師大人」才做得到的事情。

日記上提到「藥師大人」對田地施予祝福時，展現出了金色的魔力。

丹尼爾從未見過，也沒有聽說過那種顏色的魔力。

在想不到解決辦法的情況下，藉由出動傭兵團頻繁前往森林裡採集藥草，才勉強維持住收穫量。

然而，再這樣下去的話，領地撐不下去的日子也不遠了。

代替藥草栽培的產業不可能在一朝一夕之間成形。

看不到前途希望的丹尼爾，在之後得知了王都的傳聞。

那是關於「聖女」參加葛修森林的討伐行動的傳聞。

在傳聞中，提到了金色魔力的事情。

聽到這件事後，丹尼爾才想起「藥師大人」就是「聖女」。

在克勞斯納領，「藥師大人」正如其名，是以一位出色的藥師而聞名的。

就算有人記得克勞斯納領曾經出過一位「聖女」，卻完全沒有人記得她跟「藥師大人」是同一人物。

連領主自己都忘記了，也沒辦法怪罪其他人不記得這件事。

所謂的金色魔法，說不定是「聖女」的特有魔力。

想到這裡，丹尼爾找柯林娜商量後，決定請「聖女」來這裡一趟。

名目上是為了討伐魔物，但真正的目的是要請「聖女」再次對田地施予祝福。

就算「聖女」來了，也不保證她就一定願意這麼做，不過他們是抱著死馬當活馬醫的心態。

丹尼爾調查過這一代的「聖女」後，雖然不清楚她是什麼樣的人物，但也得知她隸屬於王宮的藥用植物研究所。

而且還是自願進去工作的。

既然隸屬研究所，或許「聖女」會對克勞斯納領的藥草栽培產生興趣。

倘若是這樣，也比較好拜託她對田地施予祝福。

這麼一想，丹尼爾的心情稍微輕鬆了些。

在寫信請王宮派遣騎士團時，丹尼爾很猶豫是否也要請王宮派「聖女」過來。

最後他放棄了，因為他擔心王宮追問理由後，會發現他們這些人知曉「聖女」的能力。

因此，即使騎士團被派過來，「聖女」會不會一起過來則要賭賭看。

要求派遣騎士團的信送去王宮後，過了不久，丹尼爾收到了期盼已久的回音。

他賭贏了。

王宮在回信上表示會派「聖女」一起過去。

之後只要想辦法請她對田地施予祝福就可以了。

不過，這個想法落空就是了。

在柯琳娜有意無意地確認之下，王宮派過來的這位「聖女」沒有提到驅除瘴氣以外的能力。

也許是王宮讓她保密，也或許是她真的不知道。

不過，在製作藥水這部分，她並沒有隱瞞自己的能力勝過其他人的事實；從這一點來看，丹尼爾認為是後者。

經過一番苦惱後，他決定讓「聖女」閱讀留在克勞斯納領的「藥師大人」的日記。

他將閱讀的時機交給柯琳娜來判斷，並要求她之後來報告「聖女」讀完日記的模樣和進展。

柯琳娜遵照命令來報告此事。

「她似乎對日記裡敘述到的金色魔力有頭緒。」

「真的嗎？」

「據『聖女』大人所說，去西邊森林討伐魔物時使用的『聖女』法術也看得到金色的魔力。」

「原來如此。魔法發動時，會看到依照魔法屬性呈現出顏色的魔力。看來不出所料，金色的魔力就是『聖女』大人的特有魔力吧。」

「想必是如此。我看過各種不同屬性的魔法，但也未曾見識過金色的魔力。」

丹尼爾的表情明顯開朗了許多。

這代的「聖女」造訪克勞斯納領，而且對金色的魔法有頭緒。

他還間接聽到城堡的人們，主要是蒸餾室的藥師們說，「聖女」和從前的「藥師大人」一樣，是個藥草狂熱分子。

就算她對祝福沒有頭緒，在讀完「藥師大人」的日記後，很有可能會因此產生興趣。

這樣的話，丹尼爾覺得應該能達到本來的目的。

「看到一點希望了嗎……」

「『聖女』大人正在尋找的藥草也需要給予田地祝福才能栽培。由她的樣子來看，想必會主動調查祝福的事情吧。」

「這真是太令人高興了。」

丹尼爾少了些憂愁，嘴邊浮現笑意，但他還不知道一件事。

那就是，這位「聖女」沒辦法憑自我意志來發動法術。

得知聖在討伐魔物時發動過法術，丹尼爾和柯林娜都一廂情願地以為她能夠隨心所欲地發動法術。

聖沒辦法發動法術的事情，在王宮也只有少數人才知道。

把這種事情流傳出去也只會煽動聽者的不安情緒而已，所以王宮那邊當然會選擇隱瞞。

然而，丹尼爾的頭上似乎有幸運的星星在閃耀。

這段對話結束後，過了幾天，聖再次發動了「聖女」的法術。

或許，這份幸運是來自於「藥師大人」的保佑也說不定。

第六幕　暴露

「唉～～～～」

在城堡安排的房間裡，我趴在書桌上，用力地嘆出一口氣。

我今天從早上起就窩在房間裡做各種實驗，但結果都跟料想的一樣。

雖說是料想，但也不是我樂見的料想。

老實說，我根本不希望自己猜中。

昨天，「聖女」的法術在騎士團的待命所發動了。

發動就算了。

雖然來得突然而嚇了我一跳，但騎士團的人們都因此治好了傷勢。

知道發動條件也讓我很高興。

之前不曉得發動條件，完全沒辦法發動法術。

能夠憑自我意志發動法術是一件好事。

這樣一來，某師團長就不會再對我施壓了。想到這一點，簡直令人想大聲歡呼。

問題在於發動條件的內容啊……

為什麼發動條件會是團長啊！

從早上起，我已經做過各種嘗試了。

畢竟之前發動「聖女」的法術時，我腦中想到的不是只有團長而已。

裘德、所長、研究員們和相識的騎士們。

能想到的每個人我都想了一遍，嘗試看看會不會發動法術。

但是，即使去想團長以外的人，我也感覺不到那個魔力有出現動靜。

儘管我不是很願意這麼做，不過最後我用團長試試看後……

在我忍住害羞去想團長的那一刻，魔力立刻開始從體內湧上來。

我感覺到隱隱的騷動，在心中念著要它停下後，騷動就止住了。

看來也可以靠意識停下來。

坦白講，如果房間只有我一個人，我真想敲桌大叫。

我會這樣不是很理所當然嗎？

今後要使用法術的話，我每次都必須想著團長才行耶？

這是一種拷問嗎？

不過，房裡有以瑪麗小姐為首的幾名侍女。

我也不能摀著臉在床上滾來滾去。

在這種狀況下，我能做的只有嘆氣而已。

「聖小姐，若您不介意，要不要休息一下呢？」

「謝謝。那我就休息一下。」

我正垂頭喪氣時，背後就傳來關心的聲音。

是瑪麗小姐。

我從桌上抬起臉，然後轉過頭去，就看到微笑著的瑪麗小姐，以及備妥在迎賓沙發那邊的茶水。

那就接受她的好意，休息一下吧。

桌上除了適合配茶的糕點之外，還有準備三明治和水果。

會覺得似曾相識也是當然的，這些是我在研究所做過的餐點。

我看了瑪麗小姐一眼，她就盈盈一笑，說道：「請享用。」

我的肚子小小地叫了一聲。

說起來，早上起床整裝完畢後，我立刻就開始進行實驗，所以什麼都沒吃。

仔細一想，昨天晚上也沒有吃。

昨天從騎士團的待命所回來後，我馬上就把自己關在臥房裡。

我平常一定會吃早中晚三餐。

結果昨天傍晚回來沒有吃任何東西，今天也從一大早就用凝重的表情對著書桌。

恐怕是讓她擔心了吧。

看到擺在桌上的餐點，我便這麼覺得。

我想她是有特別為我著想，覺得如果是吃習慣的食物，我或許會願意吃。

我抱著歉疚的心情，把三明治送入口中後，感覺肚子更餓了。

三明治一下子就吃光，在我伸手去拿糕點的時候，我感覺到周遭侍女們都散發出鬆了口氣的氛圍。

看來不止是瑪麗小姐，連侍女們也都很擔心我。

我真的非常過意不去……

把所有東西吃完後，我喝了一口紅茶，瑪麗小姐就表示，在我把自己關在臥房裡的期間有客人來訪。

我愈聽愈覺得無地自容，因為我發現我讓很多人在為我擔心。

昨天我沒有去蒸餾室就直接回房間，所以柯琳娜女士有來看我的情況。

此外，當然團長也有來。

不過，瑪麗小姐看到我回房後的模樣，機靈地沒有來向我通報。

這份貼心讓我非常感激。

暫且不談柯琳娜女士，我不想在那種狀態下見到團長。

發動完「聖女」的法術後，我逃也似的離開了待命所。

雖然我有聽到背後傳來團長的制止聲，但我無視了。

依團長的個性來看，他一定非常擔心我。

然而，我不知道自己該拿什麼表情跟他見面。

一開始認識的時候，我覺得他是我喜歡的類型。

後來隨著相遇的次數增加，我也覺得他人很好。

但是，我還是第一次像這樣強烈地意識到一個人的存在。

下次見面的時候，我有辦法像以往那樣跟他相處嗎？

我非常不安。

話是這麼說，但要繼續躲團長也很困難。

而且也還要討伐（工作）魔物。

嗯，工作，這是工作。

不可以扔著工作不管。

當作是工作的話，或許在發動「聖女」的法術時就不會胡思亂想了。

雖然我沒有把握，但就這麼辦吧。
「謝謝招待。」
「您之後有預定要做什麼嗎？」
「我打算去蒸餾室。」
「我明白了。」
吃完餐點後，我決定去蒸餾室。
畢竟柯琳娜女士昨天也有來房間找我。
她一定在擔心我，得去看看她才行。
而且還有祝福的事情。
雖然不清楚祝福是什麼，但我已經能夠發動「聖女」的法術了。
接下來可以進行各式各樣的實驗。
實驗順利的話，我就能得到想要的藥草。
想到今後的事情，我不禁期待了起來。
先重新確認祝福的事情，再向柯琳娜女士徵求實驗的許可……
我像這樣一邊做打算，一邊前往蒸餾室。
「已經沒事了嗎？」

「是的，讓您擔心了。」
我一踏進蒸餾室，柯琳娜女士就向我出聲了。
看來她果然在擔心我。
我向她鞠躬道歉，她就回道：「妳沒事就好。」
稍微打過招呼後，我表示有事情想商量，她就帶我去內側的房間。
我說得很小聲，不過她有確實接收到我的意思。
要商量的是關於祝福的事情。
這其中應該含有機密情報，所以要避免在有其他人的房間談這件事。
「祝福的實驗？」
「對，不過首先還要再讀過一次資料就是了。」
「讀完資料後，妳打算怎麼做？」
「恐怕要拿一些藥草來做實驗，所以我想借用盆栽一下。」
「盆栽？」
「立刻就拿藥草田做實驗的話，失敗了會很麻煩吧？」
「說得也沒錯。好，我會替妳準備好。」
「謝謝您。」

關於祝福的實驗，我決定先用盆栽來做確認。

如果依照在藥用植物研究所發動過的那次「聖女」的法術來做，我想應該會順利成功，但還是要以防萬一。

柯琳娜女士說大概下午就能準備好，所以我這段時間就去重新閱讀資料。

◆

到了下午，由於接到聯絡說實驗的準備已完成，我便和柯琳娜女士一起前往指定的場所。

我們被帶到城堡的後面，也就是用來做藥草栽培實驗的那塊藥草田附近。

那裡擺著階梯型置物架，上面放了五個左右的素陶盆栽。

放在架上的盆栽已經裝了土在裡面，除此之外還有其他花盆，園藝師們正在往剩下的花盆裡裝土。

柯琳娜女士和我走過去後，園藝師之中最年長的人就看向我們。

「現在有的盆栽就這些了。還需要更多嗎？」

「不，有這些就很足夠了。萬一失敗的話，可能還要麻煩你們更換土壤。」

「這樣啊。有其他需要的話再跟我講一聲。」

「謝謝啦。」

柯琳娜女士表示，她經常請園藝師們幫忙栽培藥草，所以關係十分熟稔。

園藝師跟柯琳娜女士說完話後，就再次回去進行作業了。

過了一會兒，把所有的盆栽都裝完土，園藝師們便前往下一個作業地點。

確認沒有其他人在場後，柯琳娜女士開口說：

「那麼，我們開始吧。」

「好的。」

聽到柯琳娜女士的呼喚聲，我便走向放在架上的盆栽。

這時候，我忽然想到一件事。

「請問藥草種子呢？」

「我準備了在藥草裡面也屬長得較快的藥草種子。妳看，就是這個。」

說著，柯琳娜女士從裙子口袋裡拿出一個裝有種子的小袋子。

這是那種必須有祝福才栽培得起來的藥草種子嗎？

由於園藝師們就在旁邊，我便小聲確認著，她則向我點了點頭。

看來她選擇種子時確實考慮到了祝福的事情。

之後，她也小聲地告訴我那是什麼藥草的種子。
我回想她準備的種子的栽培條件，立刻著手進行播種。
園藝師們早已幫忙準備好祝福以外的必要肥料，剩下的只要播種就可以了。
將種子撒在土上，再薄薄地蓋上一層土。
我將手放在盆栽上，稍微思忖一下。
接下來要發動法術了，不過該以什麼樣的感覺來發動呢？
我在研究所發動法術的時候，好像是面對已經長出來的藥草，祈禱它們能夠具備更強的效果。
以這次的情況來看，因為是要培育平常沒辦法培育的藥草，所以祈禱它們健健康康地長大就可以了吧？
總之，先這麼嘗試看看吧。
我立刻準備發動「聖女」的法術，但又停下了動作。
因為我想起來要發動法術的話，必須想著團長才行。
我的臉上不禁泛起紅潮。
「妳怎麼啦？」
「沒、沒有，沒什麼。」

也許是對於我停下動作感到奇怪，柯琳娜女士一臉狐疑地注視著我。

就算問我，我也不能說出原因。

我不可能說得出口。

我慌張地回完話後，再次將精神集中在盆栽上。

唔，這是工作，這是工作。

必須專注點才行。

我重振精神，像今天早上一樣想著團長的事情，胸口附近就有一股魔力湧出的感覺。

我這次沒有阻止，讓魔力繼續漫出來。

施術對象是我手上的盆栽，所以和發動恢復魔法的時候相同，不能忘記要調整成讓魔力從雙手出去。

感覺師團長教我的魔力操作在這部分發揮作用了。

「這是……」

如同預期，混著金色粒子的白色薄霧在盆栽的土壤上方擴散開來。

在旁邊看著的柯林娜女士發出讚嘆聲。

好了，魔力差不多這樣就夠了吧。

我一邊祈禱種子順利長大，一邊發動了法術。

土壤上方的魔力產生反應，強烈地閃耀過後，光芒迸射開來，亮晶晶的金色粒子紛紛落入盆栽。

「成功了嗎？」

「不知道耶，法術確實是發動了。」

「這樣啊。如果沒有成功，應該也不會發芽吧，剩下的就是觀察情況了。」

「我明白了。」

「那麼，下一個是這個。」

「咦？」

她將新的小袋子輕輕拋到我手上。

從盆栽的數量來看，我原以為都是使用同樣的種子，只是要分別祈禱不同的事情來發動法術，但柯琳娜女士似乎打算嘗試不同種類的種子。

我姑且把我所想的實驗方法告訴她後，她覺得這樣也不錯，於是我們便把祈禱的事情和種子的種類搭配起來進行實驗。

每次發動法術時都要回憶團長的事情，這還真是個苦行。

「辛苦啦。」

「謝謝您。」

「長最快的種子大概是兩到三天之後發芽吧。」

「以防萬一，我從明天起會每天來看看情況的。」

「也對，這樣比較好。那麼我們回去吧。」

將所有盆栽都施展過「聖女」的法術後，柯琳娜女士就拍了拍我的肩膀。

聽到慰勞的話語，我回以笑容，然後往蒸餾室前進。

回頭走了幾步，就看到萊昂先生迎面走了過來。

他的視線停在我身上後，露齒一笑，跑了過來。

這是怎麼回事？我看向旁邊。柯琳娜女士似乎也沒有頭緒，露出疑惑的表情。

我心想他大概是要找柯琳娜女士吧。但似乎並非如此。

只見萊昂先生來到我面前後，用力地抓住了我的雙肩。

「請妳加入傭兵團吧！」

「什麼？」

這個突如其來的邀請，讓我不由得反問了回去。

如果我沒聽錯，他是要我加入傭兵團吧？

究竟是怎麼一回事？

「呃，這是怎麼一回事呢？」

「就說了，我想請妳加入傭兵團呀！」

「噢……那個，我不知道自己怎麼會受邀加入傭兵團。為什麼你會想邀請我加入呢？」

我請萊昂先生說明後，他就一臉興奮地開始說明原因了。

事情起源於我前幾天治療傭兵團的人們那件事。

會使用魔法的人本來就很少，會使用恢復魔法的人那就更少了。

因此，會使用恢復魔法的人大半都去了王都，外地沒有這樣的人才。

當然，克勞斯納領也不例外。

然後會使用恢復魔法的我出現了。

有會使用恢復魔法的人在的話，討伐魔物的安全性和效率都會提高。

而且我對傭兵團使用的「範圍治癒」必須要聖屬性魔法的等級夠高才能施展。

從這一點可以推論出我具備高等級的聖屬性魔法技能。

而他覺得我當個區區的藥師很可惜，所以這次才會來邀請我加入傭兵團。

「給我慢著。當個區區的藥師很可惜是什麼意思？」

「啊，不是啦，我沒有要貶低藥師的意思。但是，把一個能夠使用這麼高等級的恢復魔法的人放著不管，不會覺得很可惜嗎？」

萊昂先生說出「區區」藥師這幾個字的時候，柯琳娜女士的視線溫度瞬間下降。

她就這樣用帶有寒意的聲音質問萊昂先生，只見萊昂先生的太陽穴流下了一道汗。

不過，儘管他在柯琳娜女士的滔天怒氣之下顯得畏畏縮縮的，卻還是重複著自己的主張。

「我知道魔導師比藥師還要稀少，所以也明白你的主張。但是，聖是不行的。」

「為什麼啊？」

柯琳娜女士和萊昂先生完全忽略我的存在，兩人自顧自地說了下去。

當然，柯琳娜女士說得沒錯，我也沒有意願加入傭兵團，所以就靜靜看著他們兩人一問一答。

更何況，我是從王都來的。

不可能一直待在克勞斯納領。

而且……

這時，周遭的空氣突然降溫了。

「你在做什麼？」

萊昂先生的身後傳來一道聲音，大家的視線都往那邊集中過去。

射向萊昂先生的視線極為冰冷，根本不是柯琳娜女士比得上的。

感覺到氣溫下降應該也不是我的錯覺吧。

那個……您的魔力是不是外漏了？

我忍不住想這麼問，這有一點逃避現實的意味。

從萊昂先生後方過來的，是臉色森寒的團長。

看到團長散發出的氛圍，萊昂先生的氛圍也凶狠了起來。

「閣下問我在做什麼？不過是談個事情而已。」

「是嗎？那麼，你要抓她的肩膀抓到幾時？」

咦？我好像是第一次聽到萊昂先生用敬語說話。

哦，也是。

團長是貴族，所以萊昂先生才會用敬語跟他說話吧。

當我心不在焉地想著這種事情時，團長就來到我旁邊，將萊昂先生的手從我的肩膀上扯下來。

結果，萊昂先生和團長之間的氣氛變得更加劍拔弩張了。

「所以，你要說的事情是什麼？」

「不是什麼值得一提的事情。」

「沒什麼啦，萊昂就是在邀請聖加入傭兵團而已。」

「婆婆！」

也許是關係到傭兵團的人事問題，萊昂先生不願回答，但柯琳娜女士從旁幫忙回答了。
萊昂先生連忙轉向柯琳娜女士，但她擺出無辜的表情，一副事不關己的模樣。
可能是因為這是很正經的內容，團長聽到後，散發出的氛圍就和緩了一些。
「她不會加入傭兵團。」
「為什麼是由你來決定？跟你沒有關係吧？」
「有關係。她是跟我們一起從王都過來的。」
「嗄？所以是宮廷魔導師團的人嗎？為什麼魔導師會在蒸餾室做藥水啊？」
呃，這是我的興趣。
不對，這是我的本業。
再說，我又不隸屬宮廷魔導師團。
我在內心嘀嘀咕咕著的時候，萊昂先生像是察覺到了什麼，露出恍然大悟的表情。
「不，等一下。妳該不會是『聖女』吧？」
萊昂先生剛說完這句話，柯琳娜女士就喝斥道：「要加上敬稱啊。」
看著傻住的萊昂先生，我忽然想到一件事。
咦？這麼說來，我沒跟他說過我是「聖女」嗎？
如此重要的事情，我直到剛剛才想起來。

全新加筆短篇

聖與第三騎士團出發去克勞斯納領的幾日前——

艾爾柏特拜訪了瓦爾德克伯爵家位於王都的別邸。

穿過門來到玄關，管家就從裡面出來，以優雅的行禮動作迎客。

他下馬後，一如往常由其他傭人到他身邊將馬牽走。

「歡迎您蒞臨。」

「一直以來都麻煩你了。」

「不，請您別在意。」

和管家打完招呼後，他立刻被帶到了約翰等候的房間。

「今天真早啊。」

「嗯，因為幾乎都已經準備好了。」

艾爾柏特進入室內，約翰就從沙發上站起來迎接他。

兩人面對面在沙發上坐下後，女僕就開始在桌上擺輕食和餐具。

「藥水還夠用嗎？要是不夠，我這邊還有辦法提供。」

「不要緊。包含路上使用的份在內，準備的數量十分夠用了。」

「這樣啊。」

「如果不夠，在當地準備就行。」

管家在桌上的玻璃杯裡倒入葡萄酒後，約翰就擺擺手讓管家退下。

等到管家等人離開房間，他們就舉起玻璃杯互相乾杯。

接下來只有他們兩人了。

不用提防任何人，可以暢所欲言。

喝了一口葡萄酒後，約翰開口說：

「說得也是。只要備齊材料，之後交給聖就可以了。那傢伙應該會做得很開心吧。」

「啊，不是，我並沒有那個意思……」

「我知道你沒有那個意思。」

看到艾爾柏特慌張的模樣，約翰露出一抹壞笑。

假如藥水不夠，艾爾柏特打算在當地購買。

只要還沒有到買不到藥水的地步，他就不會拜託她做。

當然，約翰也明白艾爾柏特是這麼想的。

儘管如此，他的說法卻會讓旁人以為艾爾柏特把聖當奴工驅使，而這單純是在捉弄艾爾柏特。

艾爾柏特也察覺到約翰是故意用這種說法，便露出不悅的表情。

「不要戲弄我。」

「抱歉抱歉。」

約翰像是把聲音憋在喉嚨裡似的笑著，而艾爾柏特以銳利的眼神瞪著他，然後將玻璃杯一飲而盡。

過了一會兒，想笑的衝動平復下來後，約翰也將玻璃杯裡剩下的葡萄酒一口喝光，然後再為艾爾柏特和自己倒酒。

「不過，要是藥水快不夠用，就算你不去拜託聖，她也會擅自做出來吧。那傢伙總是這樣。」

「她對工作太拚了。」

「我也這麼覺得，所以一直叫她休息。不過她本人表示自己已經算是有在休息了。」

「她好像說過跟以前的地方比起來，現在已經很輕鬆了……」

聖經由「聖女召喚儀式」被召喚過來後，過了大約一年。

艾爾柏特和約翰對聖說過好幾次她對工作太拚，但聖每次都會否認。

也許是兩人都想到這件事，儘管沒有事先說好，兩人還是同時嘆了一口氣。

工作的地點或許也脫不了關係。

在研究所這樣的環境裡，有些人會把研究當興趣，連休假日都在努力做研究。

可能是因為跟這種研究員朝夕相處，就算約翰等人說聖工作太拚，她也是只是聽聽而已，始終按自己的步調工作。

「就算給她休假，到頭來她還是在做東西。」

「我確實看過幾次她在做料理。」

「是啊，她說做料理是轉換心情的方式。」

聖在休假日做的東西不是只有藥水而已。

還有她個人要用的美容用品，也會下廚。

在下廚的部分，不止是研究員們，連研究所餐廳的廚師們也都很期待，所以約翰說不出口要她別做。

她最近經常在休假日做新菜色。

而這是因為廚師們拜託她傳授食譜。

要做新菜色的時候，聖每次都會準備必要的材料和寫著步驟的紙條。

她會看著紙條，先說明料理的步驟，然後再著手製作料理。

她在做菜途中也會用口頭敘述該注意的事項，有時候會停下手上的動作。

像這樣邊教邊做菜通常會比單純做菜還要花更多時間。

由於聖沒有把下廚當作工作，所以她不太喜歡花太多時間下廚，結果壓縮到研究藥水的時間。

於是，後來就變成在休假日做新菜色了。

「啊──」

「怎麼了？」

看到約翰突然揚起聲音，又露出垂頭喪氣的模樣，艾爾柏特便投以奇怪的眼神。

「沒什麼，說得也是。暫時沒有了。」

「沒有什麼？」

「料理啊，料理。」

料理這個詞彙一出現，約翰就想到某件事，因而苦惱了起來。

聖要暫時離開王都的話，就表示這段時間吃不到她的新菜色了。

約翰雖然不是個非常講究飲食的人，但他很喜歡吃聖做的那些沒看過的料理。

她做的所有料理都很美味也是其中一個原因，不過，出於研究人員的天性，他也很喜歡接觸稀奇的事物。

若是聖至今以來做過的菜色，有學到作法的廚師們也做得出來，所以餐廳還是可以繼續供應這些餐點給大家。

然而，一旦聖不在，就暫時不會有新菜色端出來了。

約翰這一年來早已習慣聖的料理，對他而言，沒辦法接觸到未知的味道是一件很痛苦的事情。

「如果是聖做的料理，研究所的餐廳也有供應吧。你何必這麼消沉？」

「餐廳確實可以供應，但不會出現我沒吃過的料理啊。我是想吃新菜色啦。」

「那就沒辦法了。」

「看你置身事外，一派輕鬆的模樣。你倒好了，反正她會一起去。」

「就算聖會一起去，也不表示她一定會在那裡做菜吧。」

「你也沒辦法斷定不是嗎？」

「你覺得那裡會這麼剛好有她可以使用的廚房嗎？更何況，她是以『聖女』的身分一起去的，領主怎麼可能會把城堡的廚房借給她用。」

在斯蘭塔尼亞王國，身分尊貴的人下廚是非常罕見的事情。

有一部分也是虛榮心作祟，身分愈尊貴就愈不會親自下廚。

雖然從聖身上完全感受不到這種感覺，不過「聖女」這個身分非常尊貴，足以與國王平

起平坐。
假設聖在克勞斯納領說要下廚，艾爾柏特認為城堡裡那些不了解她的人應該會制止她才對。
如果遭到周圍的人攔阻，聖也不可能會一意孤行。
「戶外的話就難說了吧。我有聽說她去西邊森林的時候還幫忙煮菜了哦。」
「是沒錯，但戶外能烹調的東西很有限吧。我不覺得會出現你期待的那種料理。」
看到約翰還不肯罷休，艾爾柏特投以傻眼的視線，但也沒有否定聖會在戶外做菜的可能性。
只不過，說到討伐的休息時間能做的料理，真的沒什麼了不起的。
頂多就是湯和烤肉而已。
若論這些，聖也在之前的討伐中做過了。
討伐時能帶的材料也很有限，所以艾爾柏特不覺得聖會做出約翰期待的新菜色。
然而，艾爾柏特沒有察覺到一件事。
這次的目的地是藥師的聖地。
而且也是藥草的一大產地，王宮買不到的藥草，在克勞斯納領都可以買到。
誰也不能保證聖不會使用那些藥草做出新菜色。

直到回到王都那天，約翰得知聖在克勞斯納領做了新菜色而不停發牢騷之後，艾爾柏特才察覺到這一點。

後記

我是橘由華，好久不見了。

這次非常感謝各位購買《聖女魔力無所不能》第三集。

俗話說：光陰似箭，歲月如梭。一回過神來，距離第二集出版已經過了一年，真的很抱歉讓大家久等了。我最近常常感覺歲月過得很快，還真的一下子就過去了。

角川BOOKS的W責編在百忙之中屢次為我調整日程，真的非常感謝。自從接到出版實體書的詢問後，老是承蒙以W責編為首的各方相關人員的照顧，我都不敢把腳朝著編輯部的方位睡覺了。真的很感謝大家一直以來的幫忙。

讓大家等待的這一年來也出了漫畫版。漫畫版是由藤小豆老師負責繪製的。非常謝謝以藤老師為首的漫畫相關工作人員一直以來的幫忙。

藤老師繪製的圖非常漂亮，而且把原作的劇情整理得非常好。我第一次拜見完稿時，以一個讀者的身分看得非常入迷。直到看完後，我才想到必須確認內容才行。團長等人這些帥哥陣容自不必說，身為主角的聖也非常可愛，每次為了確認內容而拜見原稿時，我都會感到不可自拔。聖好可愛，妳真的好可愛。

抱歉，一想到漫畫裡我很喜歡的場景中的聖，情緒就太過激動了。

如此精彩的漫畫目前正在網路漫畫刊登網站ComicWalker、Pixiv Comic和NicoNico靜畫等地方連載中。部分內容可供免費觀賞，所以希望有興趣的人都可以去看看。順道一提，我很喜歡2—②話的聖。假裝沒聽到裘德聲音的聖好可愛（要說幾遍）。

話說，連同漫畫版的份算在內，這是第四次寫後記了，會令人很煩惱要寫什麼呢。稍微提一下第三集的內容與今後的發展好了。繼第二集的後記之後又要開始劇透了，還沒閱讀正文的讀者還請先去看完正文吧。

隨著《聖女魔力無所不能》推出新集數，聖也終於要去周遊外地了。由於召喚聖女過來的目的是驅除蔓延至全國的瘴氣，也可以說巡視外地並驅除各地瘴氣才是聖女的本業。不過，感覺聖是把製作藥水當作本業就是了。

舞台轉移到外地後，研究所人們的登場頻率就減少了，我對所長和裘德的粉絲感到很抱歉。之後預計還會再次回到王宮的，希望各位能夠暫時享受一下聖在外地的慢活人生（？）。

至今為止登場的男性陣容都留在王宮，只有團長一個人跟了過來。因為《聖女魔力無所不能》明明是戀愛小說，跟戀愛有關的內容卻很少，這對團長來說實在太可憐了。我有稍微反省了一下。聖的戀愛等級很低，導致關係進展得很慢，但難得都讓團長過來了，我於是想讓他們在這裡有多一點點的進展。不過，聖的等級太低了，或許會是龜速前進也說不定。這也是慢活人生的一部分，希望大家能用溫情的眼神守護他們兩人的關係。

就這樣，雖然我想讓聖和團長的關係有進展，但又增加了新的登場人物。登場人物各自都有一個大致的賣點，這次登場的萊昂是以肌肉為賣點。感覺會被吐槽怎麼突然冒出一個肌肉男呢。不，其實我在構思第三集大綱時，身邊開始流行起鍛鍊肌肉的風潮。於是，我忽然覺得可以加一個比王宮騎士團的人們更加肌肉賁張的角色，最後完成的就是萊昂。絕對不是因為W責編、以平日交好的M老師為首的各位老師們非常熱愛肌肉的關係。沒錯，也不是因為我很喜歡隆起的三角肌和上臂二頭肌，或是想看負責繪製插畫的珠梨老師畫肌肉。

萊昂雖然擁有一身健美的肌肉，但跟外表不同的是，他並不是頭腦簡單四肢發達的角色。由於《聖女》裡面已經有個負責腦衝的師團長了，萊昂或許會負責吐槽吧。我一邊寫第三集的結尾，一邊就這麼想著。雖然說不是腦衝型角色，但萊昂有一點粗枝大葉，今後應該也會跟聖走得比較近。團長可能又會因此常常感到鬱悶了。咦？我明明是打算讓團長和聖的關係有所進展的不是嗎？這太奇怪了。嗯，不過，角色不受控這種情形很常發生的嘛……團長，對不起啦。

第三集的插畫也是由珠梨やすゆき老師負責繪製的。這次也非常感謝老師繪製很棒的插

畫。特別是封面的萊昂的上臂真是太棒了。真的多謝款待……不對，是非常感謝。珠梨老師設計的角色都相當帥氣，我每次看到封面和刊頭彩頁，因工作而疲憊的心靈就會受到治癒。一位與我平日交好的T老師在作品中提過帥哥有益身體健康，這或許是真的也說不定。再次向創造出如此美好的角色們的珠梨老師致上最誠摯的謝意。

以出版實體書為起點，接著也出了漫畫版。不僅如此，甚至還製作了電視廣告。對於不會畫圖的我來說，光是看到自己作品裡的登場人物被設計成形就開心得快要飛天了，但今年還多了聲音。這次竟然製作了《聖女魔力無所不能》的情境式廣播劇！是的。接到這個消息時，我簡直不敢置信，就這樣笑著僵在了原地。

這個廣播劇是情境式廣播劇，內容是「與艾爾柏特・霍克第三騎士團長約會」。目前我還沒有聽過，不過我知道負責配音的是誰。幕後配音的也是帥哥。無庸置疑是個帥哥。團長的粉絲們請一定要聽聽看。情境廣播劇目前在網路公開中，詳情請參閱角川BOOKS的官方網站。

最後，感謝各位一路閱讀到這裡。雖然第三集讓大家等了很久，但我會努力盡快生出第四集的。希望近期內還能與各位再會。

異世界悠閒農家 1 待續

作者：內藤騎之介　插畫：やすも

在異世界翻土、伐木、種植作物……
無拘無束的農家生活！

不敵病魔而辭世的青年火樂，被神明復活並變年輕後傳送到異世界，並得到神明所授予的「萬能農具」，得以自由自在地在異世界拓荒耕種。過程中，不只是天使及吸血鬼，就連精靈與龍也接踵現身……轉瞬間便發展成村落規模，回過神來，自己已成了村長!?

NT$280/HK$90

倖存錬金術師的城市慢活記 1 待續

作者：のの原兎太　插畫：ox

錬金術師少女在全新世界以自己的步調生活下去——溫馨的慢活型奇幻故事，在此揭開序幕！

安妲爾吉亞王國因「魔森林」的魔物暴動而滅亡。錬金術師少女——瑪莉艾拉雖逃過一劫，但從假死中甦醒已是兩百年後——映入眼簾的是錬金術師已經全數滅絕，魔藥成為高級品的世界。她的願望是悠閒且愉快地在這座城市裡靜靜生活下去……

NT$300/HK$98

藥師少女的獨語 1 待續

作者：日向夏　插畫：しのとうこ

後宮名偵探誕生？
酣暢淋漓的宮廷推理劇登場！

位處大陸中央的某個大國，有位姑娘置身於皇帝宮闕之中。姑娘名喚貓貓，原在煙花巷擔任藥師，眼下則在後宮做下女。其間，貓貓聽聞皇子身染重病而開始調查病因——以中世紀東方為舞臺，名偵探「試毒」少女將一一解決宮中發生的懸疑案件！

NT$220/HK$75

打倒女神勇者的下流手段 1 待續

作者：笹木さくま　插畫：遠坂あさぎ

受女神祝福的勇者遇上天敵——
竟然是人類史上最大的背叛者!?

「想辦法擺平那些勇者！」外山真一受到為了女兒而來到人界追求美食的魔王如此請求。儘管魔王不想侵略人類世界，殺掉也會復活的勇者們卻每天來襲。反正難得來到異世界，於是真一允諾擊退勇者，策略卻都是連魔族也會嚇一跳的陰招——！

NT$220/HK$75

國家圖書館出版品預行編目資料

聖女魔力無所不能 / 橘由華作 ; Linca 譯 . -- 初版 . --
臺北市 : 臺灣角川 , 2019.05-
冊 ; 公分
譯自 : 聖女の魔力は万能です
ISBN 978-957-564-920-3(第 3 冊 : 平裝)

861.57 108003834

Kadokawa
Fantastic
Novels

聖女魔力無所不能 3

（原著名：聖女の魔力は万能です3）

2019年5月8日　初版第1刷發行
2021年5月5日　初版第2刷發行

作　　者：橘由華
插　　畫：珠梨やすゆき
譯　　者：Linca

發 行 人：岩崎剛人
總 編 輯：蔡佩芬
編　　輯：彭曉凡
美術設計：李思穎
印　　務：李明修（主任）、張加恩（主任）、張凱棋

發 行 所：台灣角川股份有限公司
地　　址：105台北市光復北路11巷44號5樓
電　　話：（02）2747-2433
傳　　真：（02）2747-2558
網　　址：http://www.kadokawa.com.tw
劃撥帳戶：台灣角川股份有限公司
劃撥帳號：19487412
法律顧問：有澤法律事務所
製　　版：尚騰印刷事業有限公司
ＩＳＢＮ：978-957-564-920-3